EN LETTRES **D'ANCRE**

KATHARINA VOLCKMER

JEWISH COCK

roman

Traduit de l'anglais
par PIERRE DEMARTY

BERNARD GRASSET
PARIS

ISBN 978-2-246-82317-9

À la mémoire de David Miller,
dans le fauteuil de qui j'ai écrit ce roman

Je sais que le moment n'est sans doute pas le mieux choisi pour évoquer ce sujet, Dr Seligman, mais je viens de me rappeler qu'une nuit j'ai rêvé que j'étais Hitler. Ça me gêne horriblement d'en parler, encore maintenant, mais j'étais lui pour de vrai, surplombant une foule de partisans fanatiques, en train de prononcer un discours du haut d'un balcon. Vêtu du fameux uniforme avec le drôle de pantalon bouffant, je sentais la petite moustache au-dessus de ma lèvre supérieure, et ma main droite faisait de grands moulinets en l'air tandis que ma voix mettait tout le monde en transe. Je ne me rappelle pas très bien de quoi je parlais – une histoire en rapport avec Mussolini et je ne sais quel fantasme d'expansion absurde, il me semble – mais cela n'a aucune importance. Qu'est-ce que le fascisme de toute façon, sinon l'idéologie pour elle-même ? Aucun message à dénicher là-dedans, et au bout du compte les Italiens finissent toujours par nous battre à ce petit jeu. Impossible de faire cent mètres dans cette ville sans tomber sur les mots *pasta* ou *espresso*, et leur épouvantable drapeau accroché à chaque coin de rue. Alors que je ne vois jamais nulle part le mot *Sauerkraut*. Tenir un empire pendant mille ans avec la culture culinaire qui est la nôtre, c'était peine perdue ; il y a des limites à ce qu'on peut imposer aux gens, et n'importe qui prendrait ses jambes à son cou après une deuxième louchée de ce que nous appelons nourriture. Ça a toujours été notre point faible, nous n'avons jamais rien créé de réjouissant sans la perspective de je ne sais quel dessein supérieur – d'ailleurs ce n'est pas un hasard si le mot « plaisir » n'existe pas en allemand ; nous ne connaissons que la concupiscence et la joie. Nos gorges ne sont jamais suffisamment humides pour tailler une pipe avec toute la dévotion requise, parce qu'on nous a fait avaler trop de pain sec pendant notre enfance. Vous voyez, ce pain atroce que nous mangeons et dont nous n'arrêtons pas de nous vanter, comme une espèce de mythe qui se perpétuerait tout seul depuis l'éternité ? À mon avis, c'est un châtiment de Dieu pour tous les crimes que nous avons commis, de sorte que ce pays ne produira jamais rien d'aussi sensuel qu'une baguette ou d'aussi délicieusement spongieux que les muffins aux myrtilles qu'on trouve ici. C'est l'une des raisons qui m'ont poussée à partir : je ne voulais plus être complice de ce grand mensonge boulanger. Bref, je disais donc, tandis que je prononçais ce qu'il nous faudrait appeler de nos jours un discours de haine, j'avais la sensation distincte que l'orgie d'acclamations montant de la foule à mes pieds n'apportait qu'une piètre compensation à mes difformités manifestes. J'avais cruellement conscience d'être très loin de l'idéal aryen à propos duquel je déblatérais depuis toutes ces années. D'accord, je n'étais pas non plus affligé d'un pied-bot, mais n'empêche, j'aurais beau exterminer tous les Juifs de la planète et jurer de ma bonne foi végétarienne sur tous les toits, jamais je ne pourrais prétendre figurer sur l'une de ces affriolantes photos de Riefenstahl. J'avais l'impression d'être un imposteur. Personne n'avait donc remarqué que je ressemblais à une vieille patate affublée d'une moumoute en plastique ? Je ressens encore la tristesse qui m'étreignit au réveil ce matin-là, la tristesse de savoir que je ne serais jamais l'un de ces superbes enfants blonds de Germanie, au corps de statue grecque et dont la peau se nacre d'un sublime hâle doré au soleil, ce sentiment que jamais je ne serais ce que j'aurais dû être.

Attention, je ne dis pas que j'éprouvais de la compassion pour Hitler, d'ailleurs le fait demeure qu'il est absolument inacceptable d'éradiquer une civilisation entière parce qu'on se sent mal dans sa peau et que l'autre incarne tout ce qu'on déteste en soi-même, mais bon, ça m'a quand même fait réfléchir à sa vie personnelle. La vie quotidienne d'Hitler. Avez-vous jamais essayé de vous représenter le Führer en pyjama, Dr Seligman, au saut du lit, les cheveux en pétard, se cognant aux meubles de sa chambre en cherchant ses pantoufles ? Je suis à peu près sûre que des auteurs désespérés ont déjà écrit sur sa vie domestique, mais je préfère de loin l'imaginer par moi-même ; un livre ne réussirait qu'à la rendre triviale, d'une manière ou d'une autre. Je vois d'ici les draps à motif croix gammée avec le pyjama assorti, tout, jusqu'aux bols du petit déjeuner. J'en ai découvert des comme ça une fois en Pologne, dans l'une de ces curieuses boutiques d'antiquités dédiées aux objets-souvenirs de leurs bourreaux, où ils vendaient des bols et des assiettes avec une minuscule croix gammée gravée sur le dessous. On aurait dit une espèce d'univers Barbie dévoyé dans lequel, à force d'économies, on aurait pu se payer une vie réinventée de fond en comble, éblouissante et harmonieuse. J'imaginais même des petits clips télévisés dans lesquels une fringante figurine à l'effigie d'Hitler, juchée sur un somptueux destrier, sauvait une noble citoyenne allemande en l'arrachant aux mains cupides d'un Juif avant de s'éloigner dans le soleil couchant, sauveur et protecteur de la race. Les nazis – eux qui étaient si astucieux au chapitre des médias – sont vraiment passés à côté d'une belle opportunité marketing, je crois ; imaginez à quel point ces chères petites têtes blondes allemandes se seraient amusées avec, je ne sais pas moi, un camp de concentration en LEGO qui se serait appelé Freudenstadt – fabrique ton propre four, organise tes propres déportations, et n'oublie pas de conquérir suffisamment de *Lebensraum*. Ils auraient même pu développer une ligne adulte – outre les gants et les abat-jour en peau de Juif, ils auraient pu commercialiser des plugs anaux à thème équestre avec d'authentiques cheveux ennemis en guise de crin. Enfin, c'est un peu tard, bien sûr. Et loin de moi l'idée de vous choquer, Dr Seligman, surtout maintenant que vous avez la tête entre mes jambes ; mais tout de même, vous ne trouvez pas que le génocide a un petit côté coquin ?

L'autre jour, alors que je rentrais chez moi, quelqu'un s'est jeté sous la rame du métro, quelqu'un qui voulait s'en aller sur un coup d'éclat et, en guise de geste final, faire la nique à ses frères usagers des transports en commun engagés, comme nous le sommes tous, dans la grande course contemporaine au désespoir. J'ai donc été obligée de rebrousser chemin et de traverser à pied ces quartiers de Londres où vivent des gens appartenant à de plus anciennes générations, des gens qui possèdent de vrais meubles ainsi que des baignoires propres, avec ces pimpantes boutiques pour bambins qui vous donnent l'impression que l'enfance est un truc inventé par les Français, et ces jolis jardinets devant les maisons où le printemps semble arriver plus tôt qu'ailleurs. J'aime beaucoup ces fleurs de magnolia aux teintes foncées ; elles sont si élégantes, presque violettes. Vous voyez de quoi je parle, Dr Seligman ? Personne ne songerait jamais à laisser ses ordures devant l'une de ces maisons – elles ont le don d'inspirer la délicatesse, même aux âmes les plus frustes –, alors que mon allée à moi est constamment la cible de l'incivilité des gens, et j'y trouve tout et n'importe quoi quand j'écarte mes rideaux le matin pour jeter un coup d'œil dans la rue, du congélateur rouillé à la vieille trousse à maquillage en passant par des jouets cassés.

Je me demande bien ce qui cloche chez moi pour que les autres s'imaginent que leurs déchets pourraient égayer ma journée, et j'ai souvent bien failli aller jusqu'à faire étalage en public de mon humiliation en laissant un petit mot pour leur demander de bien vouloir arrêter, ce qui serait à peu près aussi dégradant que de quémander de la nourriture ou une culotte propre. Vous avez déjà essayé de pousser quelqu'un à faire preuve du respect le plus élémentaire envers votre humanité ? Je ne demande pourtant rien d'extravagant, comme des relations sexuelles dignes de ce nom ou des émotions authentiques ; juste qu'on me laisse de quoi m'amuser un peu de temps à autre, mais on dirait que je suis harcelée par une espèce de mauvaise fée vicieuse qui s'échine à faire en sorte qu'aucun prince charmant ne lève jamais les yeux vers mes fenêtres, que tous mes rêves finissent par puer la pisse de renard et ressemblent à ces morceaux de plastique en charpie, ceux qu'on voit dans les documentaires sur les outrages que nous avons fait subir à notre terre nourricière. Ils deviennent des objets de dégoût et de culpabilité, alors le soir je m'efforce de m'endormir sans trop songer à mon avenir. C'est la raison pour laquelle j'évite depuis longtemps de passer dans ces quartiers qui sont bien au-dessus de mes moyens ; ils me font voir mes échecs comme à travers une loupe grossissante et me rappellent tout ce que mes parents ne me pardonneront jamais. Pourquoi n'avais-je pas tout simplement écarté les cuisses au bon moment, mieux pris soin de mon corps et épousé l'un de ces hommes au jardinet orné de magnolias aux teintes foncées ? J'aurais pu être l'une de ces femmes qui passent leur temps dans les cafés chic, l'esprit libre de tout souci. Ç'aurait été comme vivre dans une chocolaterie, Dr Seligman. Je crois que c'est pour ça que les gens riches ont toujours cet air particulier, comme s'ils se faisaient mettre avec un gode-ceinture fabriqué sur mesure pendant qu'on s'occupe de repasser leurs draps propres dans la pièce d'à côté. C'est aussi pour ça que leurs enfants sont moins laids que ceux des autres – parce qu'ils peuvent réellement se permettre d'en avoir, eux, parce que ces enfants savent qu'ils sont parfaitement à leur place ici. Ça marche sans doute comme ça, la supériorité. Vous croyez que c'était une erreur de venir vous voir plutôt que de suivre leurs pas, Dr Seligman ?

Je n'ai pas peur de ce que nous nous apprêtons à accomplir, cela dit, Dr Seligman. Je n'ai pas peur de mourir ou que sais-je encore. Je sais que je peux vous faire confiance, et que la mort est silencieuse. Ce ne sont jamais les choses bruyantes qui nous tuent ; ces choses-là nous font vomir, hurler, pleurer, et ne cherchent qu'à attirer l'attention. Comme des chats au printemps, Dr Seligman – elles veulent éprouver notre résistance, nous réveiller la nuit et écouter la mélodie de nos malédictions, mais elles sont inoffensives. La mort, c'est tout ce qui pousse à l'intérieur de nous, tout ce qui finira par éclater, déviant de ses circuits naturels pour inonder ce qui a besoin de respirer. Les infections qui purulent en douce, les cœurs qui craquent sans crier gare. Voilà pourquoi tous ces films et ces émissions télé qui débordent de violence pornographique ont tout faux, Dr Seligman : les gens meurent rarement de cette manière. Elle est déjà en nous, la façon dont nous allons mourir, et personne n'y peut rien – de même qu'à partir d'un certain âge, tous les gens que nous allons un jour blesser et baiser se baladent déjà quelque part sur cette planète. J'ai toujours trouvé curieuse cette idée, que notre vie tout entière, au fond, est déjà là. C'est notre conception du temps qui nous oblige à adopter un point de vue linéaire, rien de plus. Mais c'est pour cela que je n'ai pas peur, Dr Seligman ; je sens que mon destin n'est pas de mourir entre vos mains. Elles sont bien trop douces pour me laisser même la plus petite cicatrice.

Ce n'est pas que je n'aie jamais été amoureuse, Dr Seligman. Je sais que vous ne me voyez pas très bien, d'où vous êtes, mais je ne voudrais pas que vous pensiez que je suis l'un de ces individus dépourvus de sentiments ou d'empathie. Simplement, tomber amoureuse n'a jamais été facile pour moi ; ça n'a jamais été l'exercice prévisible que ça représente pour la plupart des gens, parce que mon amour n'a jamais correspondu à ma réalité. Parce qu'aucun amour n'a jamais survécu à l'image que je m'en faisais. Parce que K était absolument inapte à choisir ses mots. Et donc, dans l'ensemble, je suis restée seule – tellement seule, à vrai dire, que j'ai failli faire quelque chose de très bête l'autre jour, quelque chose qui m'aurait rendue encore plus ridicule. Tout ça parce que je me suis rappelé tout à coup que j'avais le cœur brisé et que je me suis dit qu'écrire cette lettre ferait regretter au destin certaines de ses décisions. C'est l'une de mes nombreuses déviances, je m'imagine toujours le destin sous l'apparence d'une espèce de personnage obèse et théâtral, allongé sur un transat, en train de caresser je ne sais quel animal domestique grotesque en attendant de voir ses caprices se réaliser. Et je m'imagine toujours qu'il existe un moyen de le prendre au piège, d'influencer ses décisions, en portant telle boucle d'oreille ou en n'empruntant pas le trajet de métro le plus direct. Ou en pensant à une façon particulièrement élaborée de me suicider. C'est ma façon à moi de faire comme si j'ignorais que personne n'entend mes pensées, que mon existence s'est pour l'essentiel déroulée dans un grand néant obscur. Je sais bien que ça ne fait aucune différence que je me lève du pied gauche ou droit, qu'aucun mécanisme supérieur ne gouverne notre existence et que je pourrais tout aussi bien me scier une jambe ou tremper ma brosse à dents dans un grand verre d'acide, ça ne ferait ni chaud ni froid à cet individu allongé sur son transat, qui m'enverrait poursuivre mon médiocre petit bonhomme de chemin quoi que je fasse ; il ne se rappellerait même pas comment je m'appelle. Je l'entends parfois proposer une grappe de raisin à son animal de compagnie ridicule et je regrette alors d'être née dans cette immonde peau humaine. Imaginez un peu, Dr Seligman, être l'animal de compagnie de quelqu'un ; le genre d'amour inconditionnel dont vous feriez l'objet. Cette personne serait prête à tout pour vous – elle laisserait le chauffage allumé en hiver rien que pour vous, quand bien même elle n'en aurait pas les moyens, et si jamais il vous arrivait de dégobiller sur sa paire de souliers préférée, elle passerait la serpillière en vous souriant. Et puis, un jour, quand vous n'en pourriez plus, vous pourriez bondir au milieu de la chaussée, vous faire écraser sous ses yeux et briser ainsi son misérable petit cœur. Mais au moins de cette façon vous ne laisseriez rien derrière vous, à part peut-être un collier et quelques plaids fétiches, rien qui ne puisse être enterré avec vous au fond du jardin. Il n'y aurait pas d'héritage, rien dont vos descendants auraient à se préoccuper, à part leurs nuits soudain solitaires et ces promenades désormais dénuées de toute utilité. Ils ne seraient pas dans ma situation, ou celle de ma famille, Dr Seligman. Maintenant que mon grand-père est mort, nous voilà obligés de nous débrouiller avec le testament d'un vieillard qui était un parfait inconnu pour nous. Quand j'ai croisé ma mère à l'enterrement la semaine dernière, j'ai bien senti qu'elle était contrariée, et pas seulement à cause de l'état dans lequel j'étais.

Pourtant j'ai failli l'écrire, cette lettre à M. Shimada. Je sais qu'on peut devenir accro aux sex-toys, que si on s'autorise un trop grand nombre de ces orgasmes gratuits on finit par devenir insensible, au point que les interactions de la vie réelle perdent tout leur sens. Mais j'ai toujours rêvé d'avoir un correspondant, Dr Seligman ; quand j'étais gamine, je répondais à ce genre de petites annonces, mais personne ne m'a jamais écrit en retour. Ces enfants allemands devaient sentir que quelque chose clochait chez moi, déjà à l'époque, ou peut-être qu'ils se disaient qu'en réalité j'étais un pédophile qui se faisait passer pour un des leurs. Bref, j'avais vraiment envie d'entrer en contact épistolaire avec M. Shimada pour discuter de ses robots, ou plutôt, pour être tout à fait honnête, je voulais lui demander s'il accepterait d'en fabriquer un pour moi. Je l'avais vu à la télé parler des petites machines sexuelles qu'il avait imaginées et créées ; il avait l'air tellement enthousiaste à propos de son grand projet. Tel un sauveur des temps modernes, un Christ répandant la bonne parole à coups de godemiché. Je sais bien que ces robots sont conçus pour assouvir les besoins sexuels des hommes, parce qu'il est dans l'ordre des choses, n'est-ce pas, que les besoins des hommes soient assouvis, mais franchement, est-ce que ça serait si difficile d'en fabriquer un qui soit équipé d'une bite électronique ? Vous devez vous dire que ce serait terriblement triste, Dr Seligman – je vous sens froncer les sourcils entre mes jambes –, mais il suffirait d'apporter quelques légères modifications, enlever les seins, fermer l'un des trous, et pour ce qui est du visage, ça n'a pas beaucoup d'importance à mes yeux. Vous ne croyez pas que le monde se porterait mieux si nous avions chacun à disposition notre propre robot personnalisé pour baiser ? Imaginez un peu, si nous étions tous satisfaits et que nous n'étions plus obligés d'expliquer sans cesse nos désirs. Mais bon, certains s'empresseraient sans doute d'avancer des arguments tous plus idiots les uns que les autres pour dénoncer la dangerosité des robots mâles, ou pour démontrer qu'ils n'ont aucune espèce d'utilité, dans la mesure où les personnes dépourvues de bite n'ont qu'à traverser la rue pour trouver ce dont elles ont besoin. Et qu'il faut strictement encadrer les personnes qui n'ont pas de bite afin que les personnes qui en ont une ne se sentent pas intimidées, parce que, allez savoir pourquoi, le fait que les hommes puissent se sentir intimidés représente un grave problème. Pourtant, mes aspirations n'ont rien de politique, Dr Seligman ; cela fait belle lurette que je ne me soucie plus de la violence universelle qui affecte mon corps. Je suis fatiguée, voilà tout, et l'idée de pouvoir me préoccuper de mon seul désir me paraît relever d'un rêve depuis longtemps oublié : pouvoir mettre mon partenaire en mode veille quand il ne me reste plus une seule émotion en réserve.

En fin de compte je n'ai pas eu le courage, parce que j'avais peur que M. Shimada me prenne pour une dingue. Je sais qu'il reçoit probablement des tas de demandes saugrenues, mais l'idée d'être jugée par quelqu'un qui fabrique des mannequins à baiser à l'autre bout du monde était pour le moins contrariante. Sans compter que je n'ai jamais été au Japon et que je ne sais même pas quelles sont les règles de conduite en vigueur là-bas. Et si j'avais essayé d'expliquer ma situation, l'usage que je comptais faire de mon robot, ç'aurait été une très longue lettre, qui l'aurait fait mourir d'ennui et qu'il n'aurait même pas lue jusqu'au bout. À moins que ma situation ne soit pas moins banale qu'une autre ; il doit bien y avoir des cœurs brisés au Japon, vous ne croyez pas ? Maintenant que j'y pense, Dr Seligman, je suis certaine que M. Shimada comprendrait, et peut-être qu'une fois que tout cela sera fini je lui écrirai. C'est vrai, au fond, pourquoi irait-on baiser un morceau de plastique sinon pour protéger son cœur ? Je suis sûre qu'il se pliera à mes arguments et qu'il me fabriquera ma petite bite douée de parole. Avez-vous déjà été intimement lié à un objet, Dr Seligman ? J'ai toujours eu peur d'insérer dans mon corps quelque chose qui marche à l'électricité, de m'électrocuter et qu'on retrouve mon cadavre dans la plus fâcheuse des positions. Imaginez les gros titres : une femme qui vivait seule avec ses deux chats décède à cause d'un vibromasseur défectueux. Peut-on imaginer situation plus tragique ? Avez-vous déjà entendu parler de tels cas ? Bon, je sais bien qu'il y a des garanties, que le Japon n'est pas la Chine et que tous leurs produits sont fabriqués dans le respect des normes les plus exigeantes, mais jusqu'ici je n'ai encore jamais osé. Ou, pour être tout à fait honnête, puisque nous nous trouvons présentement dans le cadre d'un examen médical et que cette information pourrait à cet égard se révéler pertinente, je ne suis jamais allée plus loin que m'introduire une banane dans le vagin. L'une de ces bananes à la peau très épaisse dont les bords évoquent des veines gonflées à bloc. Ça me fait horreur rien que d'y repenser, mais sur le moment ça m'a excitée, et les risques ne paraissaient pas très élevés. Le résultat a été plutôt décevant, hélas. Tout est vite devenu très sec, et au bout d'un moment j'ai commencé à fatiguer à force de me démener comme un pauvre diable. À l'époque je n'avais pas encore découvert qu'on pouvait mettre du lubrifiant sur tout et n'importe quoi – ce qui explique qu'on voie des gens débarquer aux urgences avec la moitié de leur salon enfoncé dans le cul. Voilà ce que la solitude fait aux gens, Dr Seligman ; ils ne savent plus comment exprimer leurs désirs.

Je crois qu'il va bientôt se mettre à neiger. Ces nuages m'ont l'air sur le point d'éclater, et j'ai senti souffler une petite bise hivernale tout à l'heure, en venant ici. Vous savez, ce moment particulier, en fin d'après-midi, où l'atmosphère paraît s'imprégner d'une nuance de gris toute spéciale, prête à dévorer la lumière, ce moment où il devient impossible de faire la différence entre ce que vous voyez et ce que vous ressentez ? Quand il commence à faire si froid qu'on voit la chaleur quitter le corps des autres. Mais à d'autres moments de l'année, vous devez avoir une si belle vue d'ici. Vous arrive-t-il de sortir pour aller vous asseoir dans le parc sous vos fenêtres, Dr Seligman ? Du temps où j'avais encore un travail, je sortais et j'allais m'asseoir dans le parc à côté du bureau pendant ma pause déjeuner, le genre de joli petit parc que les Allemands auraient vandalisé mais que les Anglais traitent comme un espace sacré, avec de vraies fleurs et de gentils toutous. Aujourd'hui je n'y vais plus trop. J'aurais peur que les gens remarquent ce qui m'arrive, et assise là, dans mon état actuel, je me ferais l'effet d'une imposture. L'autre raison pour laquelle je ne vais plus au parc, c'est que me retrouver régulièrement forcée d'écouter la conversation des autres déclenchait chez moi des hémorragies internes. Rien ne vous fait aussi brutalement comprendre à quel point la vie est triviale. Tant qu'on ne se parle qu'à soi-même, on peut toujours enjoliver tel ou tel détail, mais il suffit que je sois exposée au bavardage absurde d'autrui pour être aussitôt prise d'une irrépressible envie de mettre fin à mes jours, car alors je ne peux plus ignorer que nous ne sommes rien d'autre qu'une étoile agonisante, à la dérive dans un néant infini, et que nous ne méritons pas un seul rayon de ce soleil qui nous maintient en vie. Si ça ne tenait qu'à moi, le soleil serait bien inspiré d'exploser tout de suite, et de mettre ainsi un terme à tout ce déchaînement d'imbécillité crasse. J'ai même songé à devenir complètement muette. Vous trouverez peut-être cela difficile à imaginer, Dr Seligman, mais c'est que je ne voulais plus prendre part à toute cette pollution orale. À l'époque où j'allais encore m'asseoir dans le parc, je priais pour que tous ces abrutis se fassent chier dessus par les pigeons, pour qu'ils soient marqués et maculés en châtiment des offenses qu'ils avaient commises, eux qui n'avaient pas conscience que leurs prétendues personnalités se résument en réalité à quelques couches superficielles et interchangeables de connerie. C'était aussi la seule façon pour moi de m'imaginer devenir une dame aux pigeons, d'imaginer les miettes de pain et les graines que je donnerais à mes petits oiseaux transformées en immondes déjections jaunâtres atterrissant sur la tête, le manteau et la nourriture des gens. La fiente mettrait un terme subit à leurs bavassements et ferait place, même brièvement, à un moment de silence pendant lequel on n'entendrait plus que leur désespoir accompagnant le roucoulement satisfait des pigeons. Telle est la teneur de mes rêves, Dr Seligman ; d'ailleurs, si on y réfléchit bien, ce sont ces petits actes de vengeance qui font toute la différence, et lentement mais sûrement les pigeons s'affairent à défigurer les façades de nos villes bien-aimées avec leur averse continuelle de merde. Songez aux gargouilles de Notre-Dame ou à tous ces jolis palais vénitiens en train de fondre sous cette pluie acide naturelle, et non loin de là vous trouverez une dame aux pigeons, tout sourire devant le spectacle de cette nouvelle victoire. Imaginez un peu, si les nazis avaient su. J'ai entendu dire qu'ils ont essayé de dresser des abeilles, mais dans quel but au juste, ça je ne sais pas ; peut-être pour leur apprendre à flairer les Juifs et à les piquer jusqu'à ce que mort s'ensuive. Mais bon, si Hollywood n'en a pas encore fait un blockbuster, c'est sans doute que cette histoire n'est pas vraie. Comment auraient-ils pu résister à l'idée de faire un film intitulé *Les Apiculteurs d'Hitler*, alors qu'ils ont déjà fait le tour de tous les titres possibles en « Hitler et » ? Personnellement, j'attends encore *La Manucure d'Hitler* et *La Véritable Histoire de la coupe de cheveux d'Hitler*. Ce dont je suis certaine en revanche, c'est qu'ils avaient des pigeons voyageurs pour transmettre leurs stupides messages codés, mais je suis tout aussi certaine qu'ils n'avaient pas conscience du pouvoir destructeur de la fiente d'oiseau. Supérieurs comme toujours, les Suisses, eux, savent. J'ai lu quelque part que la ville de Zurich avait engagé un type pour arpenter les rues et dégommer les pigeons, en plein jour. Je me demande si les dames aux pigeons comptaient elles aussi parmi les cibles, en tant que sources d'exactions féminines incontrôlées, officiellement imbaisables, au même titre que les sorcières ou les religieuses, et donc trop libres ; croyez-vous que les Suisses soient capables de pousser l'hygiénisme jusque-là ?

Mais il ne faut pas que vous ayez peur de moi, Dr Seligman, je vous assure. Votre assistante m'a prévenue que vous étiez très méticuleux et que la procédure allait durer un certain temps, surtout les photos, alors je ne voudrais pas que vous vous inquiétiez. Je continue de penser que les motifs qui m'ont valu ma mise à pied étaient infondés et qu'il est injuste de dire que je suis sujette à des accès de colère. Bon, d'accord, j'étais en colère ce jour-là, évidemment – c'était avant que je commence à prendre mes hormones –, mais se faire congédier de la sorte, alors qu'ils n'ont aucune idée de ce que vivent les gens comme moi ! Et je ne crois pas que menacer d'agrafer l'oreille d'un collègue à son bureau puisse être réellement considéré comme un acte de violence. Pas avec ce genre d'agrafeuse, en tout cas. Je doute que quiconque ait jamais essayé d'agrafer de la chair humaine à une planche de bureau bien épaisse avec l'un de ces petits machins en plastique tout rigides. C'était plutôt moi qui risquais de perdre un œil à cause d'une agrafe perdue, mais ça, bien sûr, ils s'en fichaient éperdument. Et inutile de préciser que jamais il ne leur est venu à l'idée de nous équiper de lunettes de protection ; Dieu sait combien d'accidents toutes ces fournitures de bureau au rabais finiront par provoquer. Aujourd'hui, quoi qu'il en soit, je n'ai plus aucun remords ; ils peuvent bien tous mourir empoisonnés à force de mâchouiller ces atroces stylos qui font de la moindre phrase couchée sur le papier une lamentation. Parce que le pire, ce n'est pas d'avoir perdu mon boulot – dans cette ville, de toute façon, tout le monde crève de faim –, mais d'avoir été contrainte d'aller voir un psy répondant au nom de Jason, faute de quoi ils auraient porté plainte. Non mais sérieusement, vous imaginez, consulter un psy qui s'appelle Jason, Dr Seligman ? Un psy qui avait une tête à s'appeler tout aussi bien Dave ou Pete, le visage d'un type prêt à s'adapter à n'importe quelle situation, comme l'un de ces profs de yoga qui affichent un sourire imperturbable face à n'importe quelle abomination parce qu'ils sont persuadés que l'univers est dans leur camp. Et que si le soleil pouvait quitter sa place dans le ciel pour venir tourner en orbite autour d'eux, il n'hésiterait pas une seconde. C'est pour cela que les gens comme ce Jason pensent qu'ils peuvent pardonner toutes ces petites erreurs humaines anodines, et c'est aussi pour cela que j'ai décidé de lui mentir.

Je ne savais absolument pas quelle était la formation de Jason, mais je me suis dit que ça le piquerait au vif si je lui parlais de ma fixation sexuelle sur notre cher Führer, si je lui disais que c'était mon incapacité à assouvir mes désirs qui avait provoqué mon accès de colère et m'avait donné envie d'agrafer l'oreille de mon collègue à son bureau. Je ne pouvais pas lui parler de la véritable nature de mes rêves et de tout ce qui clochait avec mon corps, alors au bout d'un moment j'ai moi-même commencé à prendre un certain plaisir à lui raconter ces fariboles. Je voulais être écrivain autrefois, Dr Seligman, et élaborer une histoire comme celle-là, c'était une expérience merveilleuse. Vers la fin, Jason n'en pouvait plus, il avait hâte que nos séances arrivent à leur terme, je le sentais bien. Je crois qu'il n'existe rien de plus rebutant qu'une perversion qu'on ne partage pas ; sans parler du fait qu'être coincé dans une pièce avec un ressortissant allemand en train de s'exciter jusqu'à en frôler l'orgasme en imaginant se faire fouetter les fesses avec la cravache personnelle du Führer représente un cas de conscience moral. Même si Jason n'avait pas l'air du genre à s'impliquer émotionnellement plus qu'il n'était nécessaire, je voyais bien qu'il souffrait. Mais tout n'était pas que cochonneries – il y avait aussi des moments de véritable intimité, de manifestations chevaleresques et paternelles comme nous en rêvons tous secrètement, de doutes et de promesses trahies, et la fin inéluctable, se faire plaquer pour

Eva Braun, sa secrétaire mal fagotée dont le nom évoque la plus laide de toutes les couleurs. Je lui ai décrit dans les moindres détails la scène où je caressais les chiens pour la dernière fois avant de rendre toutes les babioles qui m'avaient été offertes en témoignage d'affection, et comment j'arrivais à dérober une mèche de ses fameux cheveux en la dissimulant dans une paire de bas nylon sales ainsi qu'un mot de sa main me priant de ne porter rien d'autre que l'une de ces petites calottes juives. Il me semble que Jason n'a pas pu s'empêcher de faire la grimace quand je lui ai parlé du fantasme dans lequel mon petit A – c'est comme ça que je surnomme Hitler – me forçait à dire « Je m'appelle Sarah » avant de me punir avec sa puissante cravache. Dans mes rêveries, j'avais les cheveux très noirs ainsi que deux beaux yeux sombres, et tout cela était merveilleusement tendancieux. Jason s'est déclaré prêt à signer n'importe quel papier attestant de mon tempérament calme et placide pourvu qu'il n'ait plus jamais à m'écouter lui raconter comment je me faisais jouir en regardant des portraits miniatures du Führer et en imaginant sa moustache en train de me chatouiller les parties intimes. La difficulté que j'éprouvais à atteindre l'orgasme sans faire le salut nazi. Je lui ai même proposé de dessiner certains de mes rêves et suggéré qu'un jeu de rôles pourrait être un bon moyen de m'aider à vaincre mes tensions, mais tout ce qu'il est arrivé à marmonner en réponse est que je ne devais jamais oublier que je n'étais pas mes pensées. Dans l'ensemble, j'ai été très déçue par Jason et son manque d'imagination, Dr Seligman, et pourtant il y a une chose qui m'inspire tout de même de la gratitude. Avant ces séances, Hitler n'était rien d'autre à mes yeux qu'un cas aigu du complexe de l'homme de petite taille qui avait dégénéré. Un minuscule astre lunaire désespéré cherchant à courtiser Dame Soleil, laquelle s'en moquait comme d'une guigne. Vous trouverez peut-être curieux que je parle du soleil au féminin, mais rappelez-vous que, dans ma langue maternelle, le soleil est une femme et la lune un homme, un peu comme une espèce de Walkyrie s'efforçant de protéger ses charmes face aux assauts d'un homoncule répugnant. C'est peut-être pour cela que nous sommes si tordus, c'est peut-être pour cela que le prétendu complexe de l'homme de petite taille a eu des conséquences si catastrophiques pour nous. Une fois encore, je ne cherche pas d'excuses, mais peut-être qu'Hitler avait vraiment l'impression qu'il n'arriverait pas à satisfaire le soleil. Seul un petit homme serait susceptible d'envisager sa propre puissance dans de tels termes ; de se sentir menacé par quelqu'un à qui il ne viendrait jamais à l'idée de le menacer, quelqu'un qui serait même incapable de produire sa propre lumière. Je suis certaine que Dame Soleil se fiche bien de l'astre lunaire et de ses vaines avances. Pourquoi aurait-elle la moindre considération pour un homme qui pourrait pénétrer tout entier dans son vagin sans provoquer le moindre impact sentimental ?

Mais aujourd'hui encore, Dr Seligman, un Juif vivant, c'est quelque chose de diablement excitant pour un Allemand, un phénomène auquel personne ne nous a préparés durant notre enfance. Nous ne connaissions que des Juifs morts ou misérables, qui nous regardaient depuis ces galeries infinies de photos grises ou depuis quelque lointain ailleurs, en exil, sans jamais nous adresser un sourire, à nous leurs éternels débiteurs. Et la seule et unique façon de nous racheter, c'était de vous transformer en créatures féeriques, expulsant de la poudre magique par tous les orifices, dotées d'un intellect supérieur, de noms pittoresques et de biographies infiniment plus intéressantes que les nôtres. Dans notre imaginaire, il était impensable qu'un Juif puisse être chauffeur de taxi ; il y avait même une page, dans mon manuel de théologie, consacrée aux Juifs célèbres. Et en cours de musique, nous étions obligés de chanter « Hava Nagila » en hébreu, Dr Seligman – trente petits Allemands, pas un seul Juif dans les rangs, et ils nous faisaient chanter en hébreu pour s'assurer que nous resterions bien dénazifiés et pétris de respect. Mais nous ne nous plaignions jamais ; notre seule réaction était de montrer une version de nous-mêmes entièrement revue à neuf, manifestant à tout bout de champ un non-racisme frénétique et récusant toute différence à la moindre occasion. Soudain il n'y avait plus que des Allemands. Pas de Juifs, pas de travailleurs immigrés, pas d'Autres. Et pourtant nous ne nous sommes plus jamais hasardés à leur accorder le statut d'être humain, ou à les laisser interférer avec notre version de l'Histoire, comme le prouve cet immonde tas de cailloux érigé à Berlin pour commémorer les victimes de l'Holocauste. Vous l'avez vu, Dr Seligman ? Non mais franchement, dites-moi, qui peut avoir envie qu'on se souvienne de lui comme ça ? Qui peut avoir envie de rester dans les mémoires en tant que cible de la violence ? Nous sommes tellement habitués à garder le contrôle sur nos victimes – c'est pour cela, même après toutes ces années, que je ne peux pas m'empêcher d'être sidérée que vous soyez encore vivants en dehors de nos livres d'histoire et de nos lieux commémoratifs, que vous vous soyez libérés de la version que nous avons élaborée de vous et que nous soyons ensemble à cet instant précis, vous et moi, dans cette pièce, en train de faire ce que nous sommes en train de faire, que je puisse presque toucher vos beaux cheveux de là où je suis. C'est pour ainsi dire un miracle. Vos cheveux, si je peux me permettre, que vous commencez d'ailleurs à perdre un peu, sur le dessus du crâne ; oh, à peine, vraiment pas de quoi décourager les admiratrices. Mais bon, je me disais que je devais quand même vous le signaler.

Vous pensez que c'était une bêtise de ma part de ne pas profiter de Jason, Dr Seligman ? La seule et unique fois qu'ils me payent pour aller voir un psy, et je ne trouve rien de mieux à faire que de lui raconter des histoires démentes. Je devrais sans doute m'estimer heureuse qu'il ne m'ait pas fait interner dans je ne sais quel asile pour avoir inventé des petits noms à la bite du Führer. Mais tout ça, c'était avant que mon corps devienne le problème qu'il constitue aujourd'hui, à l'époque où je pensais encore que je pouvais me contenter de regarder des pornos gay et me sortir de cette ornière par la plaisanterie. C'était avant que je rencontre K, Dr Seligman. Jusqu'alors, j'étais consciente de mon dilemme, mais il y a plusieurs façons d'être conscient, et de réagir en conséquence. Mais contrairement à ce que certains affirment, il faut avoir un corps pour aimer. Toutes ces sornettes sur l'âme, c'est tout simplement faux, l'idée qu'on puisse aimer une âme, sous quelque forme qu'elle se présente. Nos cerveaux sont ainsi conçus que nous ne pouvons aimer un chat que sous la forme d'un chat, et pas sous celle d'un oiseau ou d'un éléphant. Si nous voulons aimer un chat, nous voulons voir un chat, toucher sa fourrure, l'entendre ronronner, et nous faire griffer si nous ne le caressons pas dans le sens du poil. Nous ne voulons pas l'entendre aboyer, et s'il lui poussait tout à coup des plumes, nous le tuerions, nous l'examinerions, puis, enfin, nous l'exposerions comme un monstre. Je ne sais pas pourquoi nos cerveaux fonctionnent ainsi, mais K m'a appris que, si d'aventure nous essayons d'avoir des plumes sans que les gens s'attendent à nous voir voler, alors ils nous tireront dessus pour nous faire tomber du ciel et leurs chiens nous secoueront dans leur gueule pour s'assurer que nous avons la nuque brisée avant qu'on nous fourre dans un sac pour se débarrasser de nous. Nos cerveaux peuvent à l'extrême rigueur tolérer un chat sans queue ou à trois pattes, mais tout autre élément additionnel, toute caractéristique que le chat n'était pas censé avoir à la naissance, ne sera jamais accepté. Et un chat qui aboie est un chat malade qui a passé trop de temps à fréquenter les chiens ; ce n'est pas le genre de chat dont on voudrait chez soi, avec lequel on voudrait voir ses enfants jouer, car allez savoir – sa maladie pourrait être contagieuse, et un beau matin votre cocker-caniche risquerait de se réveiller avec une corne mal placée. Jusqu'à ma rencontre avec K, Dr Seligman, je n'avais pas compris que nous parlons là de frontières absolument intangibles, et qu'aucun chat qui aboie n'a encore jamais conquis le ciel.

Vous savez, ce moment de votre vie où vous regardez en arrière et soudain vous ne pouvez plus faire comme si vous ignoriez un événement du passé ? En un sens, j'ai toujours su que j'étais un chat qui aboie, et assise là, tandis que vous essayez de comprendre quelque chose à mes parties intimes, j'ai tant de souvenirs qui me reviennent. Vous forçait-on à aller à la piscine avec votre mère quand vous étiez petit, Dr Seligman ? Avez-vous jamais été obligé de partager avec l'un de vos parents une de ces étroites cabines où on se change, vous demandant alors combien de temps il vous faudrait attendre avant que votre corps ressemble exactement au leur ? À quel moment vos poils pubiens commenceraient à se clairsemer et vos aisselles à se consteller de petites verrues ? Je ne comprends pas pourquoi je ne pouvais tout simplement pas attendre devant la cabine, comme les autres enfants. Peut-être était-ce là l'idée que se faisait ma mère de l'intimité, mais je me souviens que son corps me terrifiait, que je me disais que c'était la chose la plus laide au monde, et chaque fois que sa peau douce frôlait la mienne j'avais l'impression de me noyer dans cette petite étuve embaumant la vieille serviette. À l'époque, le mot que nous employions pour parler des piscines publiques était *Badeanstalt*, institution de natation, mais *Anstalt* est une abréviation qui désigne aussi une institution psychiatrique, et il y avait quelque chose dans cette terminologie qui rendait ces cabines encore plus inconfortables, comme si elles représentaient la première étape d'une existence vouée à se dérouler dans le confinement le plus solitaire. En outre, ma mère avait gardé une marque de la césarienne grâce à laquelle j'étais arrivée en ce bas monde ; elle n'avait pas cicatrisé correctement, on aurait dit un vermisseau rouge luisant, et pourtant, au lieu de m'inspirer de la reconnaissance, cette flétrissure, ce témoignage manifeste de faiblesse, redoublait mon dégoût à l'égard de son corps. Et je regrettais qu'elle ne dissimule pas toute cette peau exténuée sous un maillot une pièce, au lieu de s'accrocher à ses bikinis. Tout le monde verrait que mon corps finirait un jour par ressembler au sien, que mes seins deviendraient ces horribles choses pendouillantes, que ma peau se couvrirait de stries violacées aux endroits où la chair se serait affaissée. Chacun serait témoin de la tragédie du corps féminin exposé à tous les regards aux différentes étapes de son développement, comme ces chansons idiotes que nous devions chanter en chœur à l'école. Et reprendre en boucle, encore et encore, à n'en plus finir. Dès que j'étais libérée d'entre ces quatre parois de honte, Dr Seligman, je me mettais en quête d'un corps masculin, n'importe lequel, afin de poser les yeux sur un torse plat, nourrissant l'espoir secret que je serais épargnée, que mon corps ne changerait pas et qu'il me serait donné de continuer à porter mon petit short de bain pour toujours. Que ma mère cesserait un jour de brandir sous mon nez la menace des ignominies de son existence corporelle.

Vous avez raison, peut-être que ma mère n'était pas si laide que ça, au fond, mais même plus tard je n'ai jamais réussi à me remettre de la déception engendrée par le corps, à passer outre les divergences produites par mes illusions et par ces vaines crétineries de magazines pour ados. Vous avez plus souvent que moi l'occasion de voir des gens nus, Dr Seligman, et je suis sûre que vous conviendrez que toute cette attention fébrile que nous portons au corps est absolument injustifiée. C'est une illusion qui nous y pousse, le fait que nous avons vu ces statues antiques et que nous pensons que de semblables créatures mortelles renaîtront un jour, que ce sont là des représentations d'êtres humains comme vous et moi. Je ne dis pas que vous n'êtes pas séduisant, Dr Seligman – vous êtes bien mis de votre personne, même avec votre début de calvitie –, mais, vous voyez ce que je veux dire, personne ne voudrait de nous immortalisés dans le marbre. Il n'y a rien en nous qui soit susceptible d'inspirer de la musique ou de la poésie, rien qui puisse empêcher quiconque de perdre le sommeil, tourmenté par le désir. C'est en cela que nous différons des animaux : à quelques très rares exceptions, ils sont toujours à la hauteur de leur rôle, chacun d'entre eux est l'incarnation parfaite de son espèce, empreinte de dignité et arborant la forme exacte qui lui convient. Voilà pourquoi il n'existe pas de versions idéalisées de tigre ou de panda, et seul un esprit pervers songerait à imaginer un cheval idéal – vous savez, le genre de type bizarre qui aime se masturber à côté d'un cheval parce que tout le reste est illégal dans la plupart des pays. Mais quand je jette un coup d'œil par votre fenêtre et que je vois tous ces gens qui ont l'air de se rendre à un casting pour le rôle de

Quasimodo dans *Notre-Dame de Paris*, je me dis qu'ils ont peut-être raison, finalement. Et si c'étaient eux qui avaient vu la lumière, eux qui avaient compris que pour trouver du charme aux êtres humains il faut se mentir à soi-même, et qu'à ce prix-là, en effet, mieux vaut encore enculer des chevaux ? Bien sûr, Dr Seligman, dans la mesure où les chevaux ne parlent pas, il doit être bien plus facile de les aimer.

Je crois qu'il existe un moment, un seul, où les êtres humains sont beaux. C'est probablement le signe que je commence à devenir une vieille cochonne, mais il y a ce moment, au cours de la jeunesse, où leur corps est encore robuste et fringant, un peu comme celui des chevaux, où ils sont engagés dans l'âge adulte sans être encore touchés par la laideur qui vient avec. Avant qu'ils songent à construire des maisons et à se brosser les cheveux, avant qu'ils aient atteint l'âge de figurer dans un testament – à ce moment-là, oui, on peut encore écrire des poèmes sur eux. J'ai dépassé la trentaine à présent et je suis vieille ; plus rien ne date que d'hier, tout remonte à quelques années en arrière. Et mon corps, face à tout ce qui arrive, ne réagit plus qu'à coups de crises d'hémorroïdes, qu'en faisant s'écouler des substances nauséabondes de tous mes orifices. Je ne comprendrai jamais pourquoi mon nombril devient parfois poisseux, Dr Seligman, mais je me souviens de cette époque lointaine. Ces années durant lesquelles tous les tontons lubriques vous assaillent et essaient de vous tripoter lors des réunions de famille, cet âge où vous êtes encore persuadée qu'un jour il vous arrivera quelque chose de passionnant dans la vie, jusqu'au jour où vous comprenez que tous les membres de votre famille sont des raseurs doublés d'abrutis et que, dans l'ensemble, ils sont mal intentionnés à votre égard. Jusqu'au jour où vous réalisez que vos cousines sont vos pires adversaires et que la plupart des vies ne consistent qu'en la répétition éternelle des mêmes erreurs, du même désespoir et des mêmes fautes de goût. J'ai coupé les ponts avec ma famille il y a longtemps, et même si cela signifie que je mourrai seule dans une maison de retraite puant la pisse où les aides-soignants m'étoufferont en m'enfonçant leurs slips sales au fond de la gorge, cela veut dire aussi que j'ai réussi à échapper à la pire espèce de conversation sur cette planète, celle qui se déroule entre les membres d'une même famille, et en particulier entre les tantes. On pourrait comparer ça à un aspirateur qu'on se branche directement sur la cervelle, sauf qu'on ne peut s'attendre à aucune miséricorde : votre tête n'explose pas, ce qui serait une bénédiction. Non, au lieu de ça vous êtes obligé d'écouter ce vacarme creux pendant le restant de vos jours. Parce que le sang est plus épais que l'eau et que chacun s'est extirpé du ventre de quelqu'un d'autre un beau jour. C'est l'un de mes rares motifs de consolation, Dr Seligman – l'idée que j'aie réussi à laisser tout ça derrière moi, et puis de toute façon ils ne comprendraient pas ce qui m'arrive aujourd'hui. La plupart des tantes ne comprennent même pas que vous puissiez avoir d'autre ambition dans la vie que de faire des enfants et mourir, alors comment pourraient-elles comprendre ceci ? Et quand bien même j'essaierais de leur expliquer, elles ne voudraient savoir qu'une seule chose : qu'est-il advenu de la propriété de mon arrière-grand-père après la mort de mon grand-père ? Or je n'ai même pas la réponse à cette question ; c'est vrai, au fond, qui sait ce qui se passe dans la tête des vieux ? Ils sont comme des enfants, mais avec de l'argent et encore moins de boussole morale ; ils sont obnubilés par les ultimes désirs qu'ils peuvent se permettre, et dans cette quête, rien ne peut les inhiber. Ils me font peur, Dr Seligman, au point que je fais parfois des cauchemars dans lesquels apparaissent les mains de mon grand-père – cette façon qu'elles avaient de s'agripper à des choses qu'elles n'avaient plus la force de tenir.

Vous êtes certain que vous ne voulez pas répondre au téléphone, Dr Seligman ? Ça ne me dérange pas, je vous assure. J'aime bien entendre le son de votre voix ; contrairement à moi, vous avez un accent british merveilleux, trop intelligent pour être snob. Et puis c'est peut-être une urgence, ou votre femme. C'est elle, là, sur la photo encadrée posée sur votre bureau, ou s'agit-il de votre mère, Dr Seligman ? Avec certains hommes il est difficile de savoir à qui appartient leur cœur, mais j'imagine que vous êtes l'un de ces hommes heureux en mariage, avec un pyjama bien repassé et pour qui le malheur est tout bonnement inconcevable. Sans compter que vous faites partie d'une minorité lourdement persécutée, donc je suis sûre que vous devez avoir des tas d'enfants ; c'est votre manière à vous de vous rebeller. Je comprends très bien, ça a dû représenter un tel triomphe pour vous de mettre votre femme enceinte, quand on pense à tous ceux qui se sont évertués à rendre la chose impossible. Donc, en un sens, vous êtes comme moi : vous pensez à Hitler au moment de jouir. Je plaisante, bien sûr ; je suis certaine que vous pensiez à des fleurs ou à la beauté de votre épouse, et je suis certaine aussi que tout ça se déroule dans la plus grande dignité. Mais vous ne trouvez pas qu'avoir la photo de quelqu'un comme ça sur son bureau a quelque chose d'un peu possessif ? Adorer quelqu'un, une femme en particulier, est-ce que ce n'est pas l'enterrer vivante dans votre propre version de l'histoire ? J'ai toujours eu l'impression que les hommes étaient incapables d'aimer les femmes pour ce qu'elles sont réellement, alors ils les transforment en petites friandises, ou plutôt en gros gâteaux – vous voyez, ces trucs terrifiants que nous appelons *Torte* en allemand. Un truc joliment décoré et grâce auquel vous pourriez survivre pendant plusieurs jours si nécessaire, quelque chose qui pourrait nourrir une famille entière mais que vous n'iriez jamais acheter dans un magasin à moins qu'il ne soit parfait. Et à un moment on s'est mis à appeler « amour » cette forme d'oppression ; alors bon, d'accord, personne n'aime les gens moches, mais je trouve que c'est pousser le bouchon un peu loin de qualifier ça d'émotion positive au lieu d'y voir un sujet sur lequel nous devrions tous faire des efforts, comme l'empathie et les pailles en plastique. Regardez donc les femmes sur leurs photos de mariage, puis songez à ces horribles *Torten* allemandes avec leurs couches superposées de crème au beurre, conçues à l'origine pour abréger les souffrances des retraités. Regardez ces hommes en costume, tout sourire devant la énième femme qui est tombée dans le panneau et s'est laissé transformer en jolie babiole, terrifiée à l'idée de bouger d'un cil et que toutes ses décorations s'effondrent, ou que quelqu'un remarque qu'elle n'est pas née ainsi. Qu'il y a un visage sous ce visage et un cœur qui bat sous toutes ces couches de tissu blanc, empilées sur elle pour rappeler à tout le monde je ne sais quelle tyrannie de l'innocence apparemment jetée aux oubliettes depuis un bail, ainsi que les générations précédentes de femmes qui ont renoncé à leur liberté pour avoir le droit de connaître, un jour dans leur vie, ce moment où elles pouvaient croire en toute honnêteté qu'elles étaient la créature la plus baisable dans la salle – et que tout ce tralala était organisé en leur honneur et non pas pour asservir leur âme. Aimer quelqu'un de la sorte, n'est-ce pas un peu comme être avec l'une des machines sexuelles de M. Shimada, Dr Seligman, ou avec un mort, un être sans défense qui n'est plus en mesure de réfuter ce qu'on dit de lui ? D'ailleurs j'aimerais qu'il soit mieux toléré qu'on dise du mal des morts ; je pense que ça nous permettrait d'être plus proches de nous-mêmes et de notre histoire, et ainsi nous ne serions pas obligés de perpétuer le mythe selon lequel nos grands-mères étaient toutes sublimes et que le léger duvet ornant leur lèvre supérieure n'avait poussé qu'avec le grand âge, au lieu de reconnaître qu'elles ont toujours eu les joues velues à en faire pâlir de jalousie les moustaches d'un chat. Je voudrais que nous n'ayons pas autant besoin d'être fiers de quelque chose qui n'a aucun potentiel. Mais je suis sûre que vous, Dr Seligman, vous n'avez jamais essayé d'étouffer votre femme sous des tonnes de crème au beurre. Qui sait, peut-être êtes-vous un grand romantique, un homme qui ne regarde jamais de pornographie et dont l'esprit n'est même jamais effleuré par les vices qu'il aurait les moyens de s'offrir.

L'amour me fait souvent penser au sang, Dr Seligman. Vous ne trouvez pas que c'est assez similaire ? Le sang est beau et plein de symboles tant qu'il reste à sa place, mais dès que nous le voyons étalé sur le visage de quelqu'un ou séché sur une serviette, il nous répugne, parce que notre esprit l'associe immédiatement à la violence et au désordre. L'amour, comme le sang, doit être une histoire que nous pouvons raconter. S'il sort du cadre et des veines dans lesquels nous l'avons enclos, il déclenche l'hystérie, et nous voulons coûte que coûte le remettre à sa place, afin de contenir la contagion ; car, comme l'amour, le sang donne la vie, mais c'est aussi le foyer qui héberge tout ce qui peut nous tuer, tout ce que nous redoutons, toutes les maladies que Dracula a inoculées à ses rats. Il y a une hygiène de l'amour, vous n'êtes pas d'accord ? De même que je ne peux pas me balader en répandant mon sang partout – j'en veux pour preuve la gamme infinie de produits qu'on a inventés afin de s'assurer que les femmes ne perdent pas leur sang souillé en public –, je ne peux pas non plus me permettre d'aimer comme ça me chante. Le sang que nous apercevons sur le trottoir pourrait être celui de n'importe qui ; il n'est pas évident à première vue de savoir si nous avons affaire au sang d'une personne ou d'un animal, et nous ne savons même pas comment il est arrivé ici, s'il y a un coupable ou s'il s'agit de quelqu'un qui s'en est pris à sa propre vie parce qu'il n'en pouvait plus. S'il s'est servi d'une arme ou de ses dents. Une tache de sang sur le trottoir est le signe d'une inquiétude, tout comme l'amour sorti de son cadre est un rappel de toute la souffrance qui nous guette inévitablement. Attention, je ne dis pas qu'on devrait me lâcher en liberté dans une aire de jeux pour enfants, mais nous nous faisons une idée si claire et bien définie de ce qu'est une histoire d'amour que, si jamais l'idée vous vient de chercher une autre façon d'utiliser votre cœur, les gens vous accuseront d'avoir des rats malades dans votre cave et d'avoir bu leur sang au moment où ils s'y attendaient le moins. Mais c'est leur faute, Dr Seligman ; s'ils ne s'étaient pas échinés à faire rentrer mon corps dans l'une de leurs petites cases, à me forcer à sourire alors que tout n'était que mensonge autour de moi, je n'aurais jamais essayé d'être comme eux, et K et moi n'aurions pas eu besoin de recourir à toutes ces autres couleurs pour nous peindre un univers différent sur le corps l'un de l'autre.

K pouvait parfois pleurer comme un enfant. Il sanglotait en se frottant les yeux, la lippe boudeuse face à l'immense injustice de son sort. Je ne sais pas s'il avait appris à ses enfants à faire la même chose, ou si c'est eux qui le lui avaient appris, mais par la suite il m'a confié que, dans ces moments-là, il avait réellement l'impression d'être un enfant, l'impression que son corps était redevenu tout petit, incapable de se soustraire à la violence d'autrui, à la faiblesse inévitable de ses propres membres, à la force qui excédait systématiquement ses propres efforts. La nausée qui monte en vous quand vous prenez un coup sur le nez et que vous avez l'impression de sentir l'odeur de votre propre sang. Alors il avait trouvé un moyen de s'extraire de son corps, et même si c'était douloureux il savait que notre chair est pleine de mensonges, que nous ne devrions jamais nous fier aux histoires inscrites à même notre peau. Je crois que c'est pour cela que nous étions voués à nous trouver. La première fois qu'il a pleuré, Dr Seligman, je l'ai regardé comme un animal sauvage qui aurait soudain décidé de se montrer au lieu de fuir, et, comme face à un animal, au début je n'ai pas bougé, je ne lui ai pas fait la médiocre aumône du réconfort, je l'ai tout simplement observé tandis qu'il redevenait celui qu'il avait été autrefois. Versant ces grosses larmes qu'on voit rarement jaillir des yeux d'un adulte, ces larmes qui croient encore à l'aventure et à la protection. Ces larmes qui croient que les contes de fées disent vrai, qui s'endorment paisiblement le soir, certaines que les ténèbres derrière la fenêtre ne sont pas réelles, qu'elles n'existent que dans l'imagination des parents. Et ses yeux étaient devenus si limpides. Je ne trouve pas de meilleure façon de l'exprimer, Dr Seligman, mais depuis ils n'avaient jamais rougi ; ils avaient toujours l'air frais. Comme si la création venait tout juste d'avoir lieu, comme si le monde entier s'était effacé à son regard et que les couleurs lui semblaient soudain neuves. Comme si nous pouvions nous endormir tous les soirs dans la certitude que nos rêves nous permettront de nous envoler.

Mais je ne voudrais pas vous assommer avec mon cœur brisé et toute l'histoire de K, Dr Seligman. Tomber sous le charme d'un artiste est un tel cliché, et puis vous devez entendre tellement d'histoires étranges dans votre métier, tous ces corps qui ont besoin de changer, et qui sait, peut-être même êtes-vous choqué de savoir que j'ai fréquenté un homme marié. Par ailleurs, Jason m'a dit que je devrais essayer d'être moins centrée sur moi-même et que m'intéresser aux autres pourrait m'aider à surmonter certains de mes problèmes. Mais je trouve ça vraiment difficile ; la plupart des gens sont d'un tel ennui, vous ne trouvez pas ? Si seulement j'arrivais à voir les autres cadres posés sur votre bureau de là où je suis – sept, c'est bien ça ? Je suis sûre qu'il s'agit de photos de vos enfants et peut-être même de vos petits-enfants. J'imagine que vous vous êtes marié assez jeune, que vos enfants ont suivi votre exemple et qu'ils repassent toujours soigneusement leurs chemises, que vous vous retrouvez souvent en famille et que tout le monde s'aime et baigne dans la joie. Que même les tragédies occasionnelles font alors partie intégrante de ce beau scénario. Me pardonneriez-vous si j'étais votre fille, Dr Seligman ?

Votre ignoble fille allemande, tombée de la précieuse matrice de votre épouse telle une pomme pourrie. Je pense souvent à mon père quand je fais quelque chose de mal, et cela me rend toujours très triste, parce que je sais que jamais il ne me pardonnerait. Non pas que je n'aie jamais songé moi-même à la possibilité de tomber enceinte – c'est l'option la plus évidente à envisager pour quelqu'un de mon âge, et je ne peux pas allumer mon ordinateur sans être aussitôt inondée de publicités pour des tests de grossesse et des couches-culottes, sans être assaillie par des images de tout ce bonheur à côté duquel je passe. Alors je me suis acheté un badge « Bébé à bord » que je mets quand je prends le métro ; ils en vendaient au marché près du bureau, et je me suis dit pourquoi pas ? Nous mentons déjà à propos de tellement de choses, pourquoi pas à propos de ce qui se passe dans notre utérus ? Et dès l'instant où j'ai acheté le petit badge j'ai eu droit à ce sourire, vous savez ? Le genre de sourire dont les gens vous gratifient quand ils pensent que votre vie est accomplie et qu'elle a du sens, quand tout le monde voit que vous avez fait l'amour dans un but bien spécifique et que votre corps, enfin, ne vous appartient plus. Ces sourires m'enchantaient, et pendant un certain temps j'ai été obsédée par ce badge que j'arborais en permanence et par le pouvoir qu'il semblait soudain me conférer. Je pouvais me permettre de demander aux gens de m'apporter ceci ou cela pour la seule raison que je portais, comme nous dirions en allemand, une autre vie sous mon cœur. *Unterm Herzen.* Je ne prétends pas avoir compris cette soudaine générosité, Dr Seligman, alors que nous savions tous qu'il n'y avait aucune raison de croire que cette nouvelle vie sous mon cœur se révélerait moins banale que celle de n'importe qui d'autre. Et pourtant c'est un moment de sainteté, un moment aussi bleu et magnifique que la robe de la Vierge Marie, un moment où l'on devient enfin ce que l'on est. Et je me délectais de cette sainteté. Je suis même allée jusqu'à me rendre intouchable de dignité quand j'ai commencé à faire tourner l'une de mes bagues autour de mon doigt afin qu'elle ressemble à une alliance toute simple, comme si un mari en costume m'attendait à la maison. C'était presque comme embrasser une religion, comme si j'étais enfin en position de mépriser les autres.

Cependant le badge avait aussi ses limites, et j'ai cessé de le mettre quand j'ai réalisé qu'il donnait au premier connard venu la permission de m'enfoncer dans le cul un doigt enduit de moralité, de me noyer sous un déluge de sollicitude à l'égard de l'enfant à naître, sollicitude très rarement témoignée à quiconque évolue hors d'un utérus. Même moi je sais que personne n'aime les mères. Et même cette sollicitude à l'égard des enfants qui ne sont pas encore nés est un mensonge, Dr Seligman. Enfin c'est vrai, est-ce que vous saviez par exemple que personne, depuis le temps, n'a jamais eu l'idée d'inventer une ceinture de sécurité pour les femmes enceintes, et que d'innombrables fœtus sont morts étranglés par ces impitoyables sangles noires ? Je me rappelle encore, quand j'étais petite, comme elles me cisaillaient le cou quand je ne m'asseyais pas correctement, et ma mère qui me disait de me redresser. C'est le genre d'objet qui, sous des apparences anodines, peut vous tuer en une seconde, et ça me terrifie, comme les cannes à pêche et les bas nylon. Aucune chance qu'ils cassent avant de vous avoir proprement étranglé, et s'il peut éventuellement y avoir quelque chose de sexy dans le fait de jouer avec des bas, il semble inacceptable de mourir à cause de l'un de ces autres objets, d'être étranglé par l'une des innombrables trivialités de l'existence. De toute façon je n'ai pas les moyens d'avoir une voiture, donc je n'aurais pas à m'inquiéter pour ça, mais ça m'exaspère quand même, aujourd'hui encore, de constater à quel point tout, même le temps, est conçu autour du prétendu corps masculin, un corps pourvu d'une bite, ce qui expose l'autre moitié de l'humanité au risque de mourir à cause d'objets du quotidien. Et je suis sûre que ça s'applique à tout, des brosses à dents aux ascenseurs en passant par les thermos, les pianos et les lunettes de toilettes. Cela pourrait s'expliquer évidemment par le fait que les hommes ont besoin de toutes ces béquilles – on ne peut même pas faire l'amour avec eux sans qu'ils aient une érection. Enfin, cela ne me concerne plus vraiment, mais tout de même, vous ne trouvez pas cela exaspérant, vous ? Ou est-ce une question à laquelle vous ne pensez jamais ? J'ai souvent essayé de comprendre pourquoi ce cri d'indignation ne recevait aucune autre réponse qu'un grand néant à l'autre bout de la ligne, pourquoi les hommes comme vous étaient ravis de laisser leur chère moitié en cage pendant si longtemps. Une cage construite à vos proportions, bien sûr ; depuis toujours ce sont des tigres qu'on enferme dans des cages à lion et les gens disent qu'il n'y a à peu près aucune différence entre les deux. Et pourtant tout le monde s'accorde à dire qu'il serait inacceptable qu'un lion, au nom de ce qu'il est et de la conscience qu'il a de lui-même, soit enfermé dans une cage à tigre. La cage à tigre a quelque chose de foncièrement ridicule, de même que vous pourriez affirmer que votre costume m'irait à ravir, Dr Seligman, mais tout le monde penserait que vous avez perdu la boule si d'aventure vous sortiez dans la rue vêtu de l'une de mes vieilles robes. Ce serait la fin de votre virilité – de votre vie en tant qu'homme –, vous seriez un lion sans crinière, faible et humilié, mais je ne sais jamais trop, au juste, si cela m'inspire de la colère ou de la pitié.

Vous ai-je dit que j'aime beaucoup vos petites mains, Dr Seligman ? Je sais que bien des femmes ne seraient pas d'accord, mais je les trouve merveilleusement douces et parfaitement adaptées au travail que vous exercez. On dirait presque des chatons, tout chauds et délicats ; votre femme doit être aux anges. Je ne comprends pas cette idée selon laquelle tout ce qui est masculin devrait être énorme, pourquoi tant de femmes éprouvent le besoin de se sentir menues. Je crois que c'est l'une des raisons pour lesquelles, une fois ma prime jeunesse envolée et les tontons pervers partis vers d'autres horizons, les hommes ne se sont jamais beaucoup intéressés à moi ; certaines parties de mon corps semblaient ne pas appartenir à une femme, voyez mes mains par exemple, je suis sûre qu'elles sont plus grandes que les vôtres, sans parler de mes pieds et de leur pointure d'homme depuis que j'ai atteint la puberté. Vous ne trouvez pas ça complètement idiot d'avoir une telle vision des choses, alors qu'à l'évidence ça n'est pas vrai ? Pendant des années je me suis fait l'effet d'être une ogresse, rien qu'à cause de mes pieds, sans parler de toutes les autres industries pourvoyeuses de produits conçus soit pour les hommes soit pour les femmes, des couleurs et des odeurs diversement associées aux individus selon qu'ils sont ou non équipés d'une bite. Je n'ai jamais compris pourquoi il fallait que nous considérions les gens de cette façon, pourquoi nous avions besoin d'un système appliqué à tout, jusqu'aux toilettes publiques, qui fasse la distinction entre les deux. Personnellement, ça fait longtemps que j'utilise les toilettes pour hommes, et pas seulement depuis que j'ai commencé à m'habiller comme un homme – d'abord parce qu'on ne fait jamais la queue, et aussi pour voir ce que ça faisait. D'une certaine manière on pourrait dire que les toilettes publiques m'en ont appris bien plus long sur moi-même que la plupart des autres endroits. Dans la mesure où on peut les considérer comme des lieux essentiels de notre vie quotidienne,

Dr Seligman, c'est là que je me suis sentie exclue pour la première fois de mon existence. C'est là que je n'ai jamais partagé de secrets avec ma meilleure amie, que je ne me suis jamais repoudré le nez et que je n'ai jamais écrit le nom de mon amoureux sur un mur crasseux. C'est là que j'ai senti pour la première fois que je n'avais pas ma place dans un espace conçu exclusivement pour les femmes et que je ne pourrais jamais partager tous ces moments de bonheur, d'intimité et de chagrin qui semblent les souder les unes aux autres devant ces miroirs piqués. Non pas que je n'aie pas eu d'amies, du reste, mais le simple fait de devoir utiliser ces espaces à cause de la forme dans laquelle avait été moulé mon corps me paraissait tout bonnement absurde, et donc, dès que j'ai appris à penser par moi-même, j'ai commencé à utiliser les toilettes pour hommes. Et surtout, Dr Seligman, c'est comme ça que j'ai rencontré K.

Ah, vous voulez savoir comment j'ai rencontré quelqu'un dans des toilettes publiques ? D'ordinaire ce n'est pas une histoire que j'irais de moi-même raconter à la cantonade, mais puisque vous me posez la question, Dr Seligman. La plupart des hommes se sentent menacés quand vous venez leur reluquer la bite de manière outrancière, quand vous envahissez l'un de leurs derniers sanctuaires les yeux écarquillés, mais pas K. J'ai tout de suite perçu qu'il était prêt à relever le défi, et que tout ce qui se passerait par la suite était déjà contenu dans ce moment. N'allez pas croire que j'allais dans les toilettes des hommes en quête d'aventures sexuelles, Dr Seligman, je vous en prie – ce n'était pas comme ça avec K, c'est juste ainsi que nous nous sommes rencontrés, rien de plus. Et rien de moins. Je me tenais derrière lui quand soudain nos regards se sont croisés dans le miroir, et j'ai instantanément oublié qu'il y avait d'autres gens avec nous dans ces toilettes sinistres au fond d'un pub. De même que j'ai oublié que j'étais venue là pour pisser ; tout a disparu d'un coup, mon corps et toutes les obligations qui allaient avec, je ne voyais plus qu'une seule chose : la bite de K. Il l'a compris, et alors – ce geste m'émeut aujourd'hui encore, Dr Seligman – il a attendu que tous les autres hommes soient sortis pour se laver les mains dans l'un de ces minuscules lavabos avec deux robinets séparés, l'un pour l'eau chaude et l'autre pour l'eau froide. C'est à ce moment que j'ai su que je pouvais lui faire confiance, que je pouvais sans crainte m'éclipser avec lui dans l'un de ces box étroits. C'est peut-être ça que je cherchais depuis tout ce temps dans les toilettes, après tout ; peut-être K était-il tout simplement le premier à avoir compris que tout ce que je voulais, c'était tailler une pipe à un inconnu puis m'en aller sans me retourner. Le premier à avoir su déchiffrer mon regard silencieux. J'imagine que ça n'a plus grande importance aujourd'hui, mais c'est la première fois de ma vie que j'étais prête à m'offrir avec dévotion, et je ne voulais rien d'autre de lui ; je ne voulais pas qu'il essaie de me procurer une quelconque satisfaction. Je voulais juste être là, accroupie, le dos collé à la paroi, tandis qu'il me baisait la bouche en tenant fermement ma tête entre ses mains. J'étais heureuse de sentir ses mains dans mes cheveux et sa queue glisser contre ma langue. Et quand il m'a proposé de me doigter ensuite, j'ai décliné, presque embarrassée à l'idée que ce soit même envisageable. Pourtant, jamais encore je n'avais éprouvé une telle satisfaction. Vous en savez sans doute plus long que moi sur la question, Dr Seligman, mais ne pensez-vous pas que notre appétit d'orgasme nous égare ?

Pendant que nous faisions cela, je pensais à mon père. C'est presque l'inverse de regarder ses propres parents faire l'amour, imaginer qu'ils puissent vous voir pomper un inconnu dans des toilettes publiques immondes. Je ne l'ai pas fait parce que ça m'excitait, Dr Seligman ; j'aime bien l'idée d'être observée mais pas comme ça, et je n'ai pas encore atteint le stade où j'éprouve du plaisir à décevoir mon père. Avec ma mère, je l'ai atteint depuis longtemps ; mais avec une mère ça ne compte pratiquement pas. Ce n'est pas comme si vous pouviez jamais espérer vous libérer de son affection, de cet attachement quasi animal capable de la pousser à suivre ses enfants jusque dans la plus obscure tanière, le genre d'amour capable de trouver des excuses à Marc Dutroux ou Harold Shipman. C'est comme la substance gluante dont ma mère m'a enduite avant de m'expulser en ce bas monde, et l'idée que j'aie pu ne faire qu'un avec sa chair m'emplit encore de terreur. Son amour a toujours été trop, trop gênant, trop indiscret. L'amour d'un père n'est en rien comparable ; il y entre une part de choix – c'est quelque chose qu'on peut gagner et, bien sûr, quelque chose qu'on peut perdre. Gagner l'amour de notre père est, à bien des égards, notre premier triomphe ; avez-vous déjà remarqué à quel point les bébés sont séducteurs ? Ils doivent savoir que personne ne les respectera jamais pour le seul amour que leur voue leur mère, et que tout le monde est beaucoup plus ému de nous voir conquérir un cœur récalcitrant. Regardez toute cette mauvaise presse qu'on fait aux mères célibataires, ici en Grande-Bretagne comme partout ailleurs ; sans l'amour de votre père, vos chances de réussir dans la vie sont assez minces. Nous en sommes dépendants. Je n'ai pas la moindre idée de ce qu'il en est du point de vue parental, et sans doute n'en saurai-je jamais rien, mais vous, Dr Seligman, portez-vous un réel intérêt à vos enfants, en dehors de ces sept cadres posés sur votre bureau ? Vous estimez-vous héroïque de ne pas les avoir abandonnés quand ils étaient petits ? Parce que nous savons tous que vous auriez très bien pu le faire, et que ça n'aurait posé de problème à personne. Seules les femmes, apparemment, n'arrivent jamais à trancher le cordon ombilical ; avez-vous remarqué que les femmes qui délaissent leurs enfants pour assouvir leurs rêves de fortune, de jeunot et de bonheur vaginal deviennent des monstres ? Que dans notre imagination toutes ces femmes se sont laissé séduire par le diable et transformées en séides immorales de la sodomie et de la luxure ? Il m'arrive de penser que certaines femmes, dès qu'elles ont compris ce que ça signifie d'être considérée avant tout comme une mère, se débrouillent pour étrangler leur rejeton in utero à l'aide de ce même cordon ombilical qui les aurait autrement condamnées à une existence tout entière définie par l'anéantissement de leur personnalité, par la répugnante farandole de marmelades maison de leur belle-mère. Et pourtant elles ne m'ont jamais inspiré la moindre compassion. Je n'ai jamais eu pitié de ma mère ; à tout prendre, j'étais furieuse au contraire qu'elle ait fait le choix de me mettre au monde au lieu de se débarrasser de moi en douce. Qu'elle n'ait pas choisi d'être libre.

Aviez-vous des relations franches et ouvertes avec votre père, Dr Seligman ? Je n'ai jamais rien confié au mien, parce que j'ai toujours pensé que le silence valait mieux que d'essuyer une cruelle déception, que de lui raconter une histoire qu'il ne comprendrait jamais. De toute façon nous ne parlions pas beaucoup ; mon père souffrait d'épilepsie, la plupart du temps il était assommé par ses médicaments et je ne crois pas qu'il ait jamais beaucoup parlé non plus avec son propre père. Il ne risquait pas de se délier la langue chez nous, où tout le monde avait hérité du mutisme de mon grand-père. J'ai donc toujours redouté de provoquer l'une de ces terribles crises d'épilepsie en lui racontant ce qui se passait. J'avais peur qu'il meure étouffé dans son propre vomi pour la seule et unique raison que je ne savais pas comment être une fille. Et pourtant tout remonte à ces dimanches matin, quand il restait au lit, essayant de récupérer après avoir passé la semaine à faire du porte-à-porte pour vendre des lave-linge. Je ne plaisante pas – ce boulot existait vraiment à l'époque, et une fois par an il se rendait même à la conférence annuelle des fabricants de lave-linge, qui se tenait à Nuremberg. L'ironie sinistre de ce détail ne m'est apparue que bien plus tard, Dr Seligman, mais de fait, quelle autre ville serait désespérée au point d'accueillir un tel événement ? Où, sinon à Nuremberg, les gens souilleraient-ils leurs draps la nuit en rêvant à du linge propre, à un horizon infini de cordes à linge et de chemises immaculées flottant dans la brise de l'été ? Nous avions même une publicité à la télé qui colportait cette image stupide. Tout était bon pour faire oublier aux gens l'autre événement annuel qui avait lieu dans cette ville et les célèbres lois auxquelles elle avait donné son nom, ces lois qui séparaient l'humanité en sous-catégories, qui décrétaient, à l'aide de petits schémas rudimentaires, qui méritait et qui ne méritait pas de vivre, qui avait baisé comme il faut et qui s'était égaré. Et ils n'avaient rien trouvé de mieux à faire, à part cette conférence annuelle sur les lave-linge, que d'organiser un atroce marché de Noël, qui n'était rien de plus qu'un paravent destiné à camoufler leur absence totale de remords. C'était leur façon à eux de faire comme s'il ne s'était jamais rien passé d'autre, comme si depuis le Moyen Âge ils se contentaient de vendre d'immondes babioles en bois à des prix scandaleux et que leurs fours n'avaient jamais servi qu'à faire cuire des *Lebkuchen* – ces fameux petits pains d'épices allemands, vous voyez ? C'est tellement typique ; cette incapacité à reconnaître qu'ils ont perdu bien plus que leur architecture me met hors de moi, Dr Seligman, et dire qu'aujourd'hui on trouve ces marchés de Noël même ici à Londres, ça me rend tout simplement malade. Est-ce qu'ils ne pourraient pas laisser les gens tranquilles à la fin ?

Bref, ma mère m'envoyait souvent réveiller mon père le dimanche matin, et je savais que, sous la couverture que je m'apprêtais à soulever, il était nu. Les gens croient que les Allemands ont une approche très avant-gardiste de la nudité, que c'est un signe de notre liberté d'esprit, mais quand je repense aujourd'hui au corps nu de mon père, je n'y vois pas du tout un symbole d'émancipation, Dr Seligman ; à tout prendre, je pense que c'est une façon de montrer que vous n'avez rien à cacher. Que vous avez un corps sain, que vous n'êtes pas affligé d'un troisième téton ou d'un pied-bot, que vous n'avez pas engrossé une Juive par mégarde et ainsi contaminé la race tout entière. Que les mystères vous font peur. Cette nudité n'avait rien de particulièrement inspirant, et pourtant, quand je regardais son pénis dans le silence de la chambre de mes parents, une pensée très étrange me venait. Et ce n'est pas comme si je le voyais très bien – des poils, surtout, et les testicules, un modèle de modestie –, mais tout à coup je me disais qu'il était peut-être possible d'en acheter un dans un magasin. Que quelque part, entre les poupées Barbie et les pâtes à modeler Play-Doh, il y avait un rayon sur lequel j'aurais pu trouver ma propre bite ; je pensais que c'était aussi simple que ça. Je pensais que ce n'était pas plus compliqué, j'aimais l'idée de me débarrasser de mes *Schamlippen*. Vous êtes probablement au courant, Dr Seligman, qu'en allemand les parties génitales féminines s'appellent ainsi, les « lèvres honteuses » ; aujourd'hui encore je n'arrive pas à prononcer ce mot sans éprouver une certaine gêne, et jamais je n'aurais eu le courage d'en chercher dans un magasin. Mais chaque fois que j'en avais l'occasion, je vérifiais tout de même dans les rayons bleus et roses de la boutique de jouets du coin de la rue s'il n'y avait pas une bite, et bien entendu je n'en trouvais jamais. Même les ours en peluche ou les robots masculins n'avaient pas de parties génitales, et quant au drôle de petit renflement entre les jambes de Ken, il n'y a pas grand-chose à en dire. Je ne suis même pas sûre que le vendeur de la boutique était autorisé à apporter sa propre bite au travail, il n'y avait donc rien de très intéressant pour moi dans cet endroit. Par la suite, cette idée m'est passée et je ne me suis pas insurgée quand ils ont commencé à me faire enfiler des robes ou qu'ils m'ont forcée à laisser pousser mes horribles cheveux bouclés, et je n'ai réussi qu'à une seule occasion à me couper les cils. Il ne m'est jamais venu à l'esprit que c'était la première fois que j'essayais d'exprimer ce que je ressentais vraiment, que c'était autre chose qu'une innocente lubie enfantine. Il paraît que les choses ont changé depuis, Dr Seligman, et qu'aujourd'hui on encourage les enfants, même très jeunes, à choisir eux-mêmes le sexe qui leur convient, mais à l'époque une fille n'était rien d'autre qu'une forme poussant joyeusement autour d'un vagin dont tout le monde espérait qu'il serait bien frais et ferme. Le reste n'avait aucune importance.

Et puis je n'aurais pas su quoi dire au juste à propos de K. Je trouve difficile de décrire les gens, de manière générale, et nous ne parlions pas beaucoup de toutes ces choses qui sont censées nous définir, comme notre profession ou notre coupe de cheveux. Du reste, j'avais été licenciée pour avoir menacé un collègue avec une agrafeuse, et K de son côté était un peintre qui vivait entièrement aux crochets de sa femme. Il n'y avait pas grand-chose à dire, en vérité, et d'ailleurs je ne lui ai jamais vraiment raconté comment j'avais perdu mon boulot. Je n'ai même jamais su au juste d'où venait K. Il parlait avec l'un de ces accents étrangers qui ne vous laissent jamais en deviner l'origine exacte, et contrairement à moi il ne souffrait pas d'un besoin compulsif d'évoquer son *Heimat* à tout bout de champ. C'était même tout le contraire, j'ai assez vite compris qu'il n'aimait pas parler de ses origines, ou de ses racines, appelez ça comme vous voudrez. Et puis de toute façon c'est devenu une question tellement inutile – d'où venez-vous ? Je pense que les gens devraient pouvoir décider par eux-mêmes, et que ça peut varier selon les moments ; ils pourraient très bien décréter chaque matin, en se réveillant, qu'ils viennent d'un endroit différent. Ce n'est pas à nous de décider. Mais ce n'est pas ce que faisait K. Je crois qu'il avait tout simplement évacué cette question de son esprit, et quand nous étions ensemble, Dr Seligman, c'était comme si toutes les cartes du monde avaient été décrochées du mur et que nous pouvions soudain cesser d'être tout ce qu'on était censé être en tant qu'être humain fonctionnel. D'un coup, il n'y avait plus de continents, plus de noms de famille, plus de parents, plus de profession, plus d'enfants et, dans la mesure du possible, plus de corps. Sans même nous concerter explicitement à ce propos, nous mettions un point d'honneur à ne pas appeler les choses par leur nom, à ne pas parler de bites et de vagins et à ne pas faire l'amour comme on nous l'avait appris. Faire l'amour est une expression tellement idiote, soit dit en passant ; comment peut-on *faire* une émotion ? Et pourquoi ne dit-on jamais faire la haine, ou l'ennui, ou le désespoir ? Et pourtant, à certains moments, surtout quand K m'autorisait à jouer avec ses tubes de couleurs dans son studio et à peindre sur son corps, quand il me regardait barbouiller sa peau de rouges et de roses, il avait parfois l'air tellement soulagé, Dr Seligman, comme si quelque chose qu'il avait perdu depuis longtemps lui avait été restitué. Et j'attendais toujours avec hâte le moment où il prenait un peu de pâte violette échappée du tube et qu'il me l'étalait sur le visage, très lentement ; jamais une autre couleur. Et alors il éclatait de rire, car il savait rire comme un enfant aussi bien que pleurer. Il y avait quelque chose d'irrésistible dans les libertés qu'il prenait à la face du monde. C'était comme s'il était incapable de se rappeler la dernière fois qu'il avait attaché de l'importance à quoi que ce soit, comme s'il était prêt à effacer n'importe quel obstacle en le recouvrant de peinture, en l'enfouissant sous une nuance de violet de sa propre invention. Comme si moi aussi je pouvais disparaître sous ces flots d'acrylique.

C'est cela aussi qui m'inquiète à propos des machines sexuelles de M. Shimada, Dr Seligman. Quelqu'un les aura programmées avant qu'elles soient expédiées, et même si elles ne sont pas réelles, même si ce sont des intelligences artificielles, pas le genre de machines qu'on voit dans les films, je continue de penser que le sexe, dans l'ensemble, requiert une certaine forme de conscience, vous n'êtes pas d'accord ? La plupart des gens donneraient sans doute un nom à leur robot, et c'est pour ça que je suis inquiète à l'idée que le mien ait été programmé pour m'aimer, alors que c'est moi qui en tirerai avantage. Vous voyez ce que je veux dire ? Cette seule idée me met mal à l'aise ; comme j'ai été élevée en tant que femme, on ne m'a pas appris à accepter les faveurs sexuelles, et donc je me demande si mon robot pourrait disposer de plusieurs modes ; peut-être qu'il aurait la possibilité d'exprimer son aversion envers moi et mes envies sexuelles bizarres, par exemple. Nous pourrions finir par ne plus nous entendre, et il pourrait choisir de me laisser tomber pour un nouveau maître, comme un chat, ce que je ne ferais rien pour empêcher, bien sûr, de même que je laisse les gens me dépasser dans les files d'attente ou se moquer de moi quand j'essaie de commander quelque chose dans un café. Quelqu'un m'a même dit un jour que j'avais un visage enfantin, comme s'il m'avait vue faire des bulles dans mon verre en soufflant dans une paille. Parfois j'ai l'impression d'être affublée d'un gros nez rouge que je suis la seule à ne pas voir, et que même mon robot sexuel – appelons-le Martin, Dr Seligman –, même Martin, qui n'est jamais rien d'autre qu'un godemiché parlant, ne me prendrait pas au sérieux. Que rien ne peut abolir la réalité de ce que vous êtes. Qu'il y a toujours certains jours où toutes vos cicatrices se réveillent et où vous entendez encore ces mots et ces éclats de rire qui semblent vous suivre partout à la trace. Des jours où vous sentez toutes ces vieilles blessures, ces bleus, la chair déchiquetée et le sang qui ne vous appartiennent plus. Des jours où la vie paraît n'être rien d'autre qu'une collection de moments où vous perdez le contrôle, rien qu'une constellation de points noirs sur votre dignité, des jours où la seule chose que vous pouvez faire, c'est baiser avec un agrégat de matériaux non recyclables doté d'une voix artificielle. Je crois que la planète se porterait mieux si on s'en tenait aux humains – si nous gardions à l'esprit les retombées écologiques de nos actions.

Vous devez me trouver bien lâche, Dr Seligman, de ne pas utiliser le mot qui convient pour décrire Martin, parce que c'est l'un de ces mots potentiellement si offensants que tout le monde risque de penser que votre grand-mère a fricoté avec le diable, et que d'un instant à l'autre il va vous pousser des sabots et une queue entre les jambes de la taille d'une maison. J'ai peur de ces mots ; je sais de quoi le langage est capable, que le langage ne ment jamais, mais puisque nous sommes seuls et bien à l'abri entre vos murs feutrés qui ne laissent filtrer aucune de nos paroles, autant avoir l'honnêteté de reconnaître qu'acheter Martin relève d'une forme d'exploitation, d'esclavage sexuel. Car c'est cette disposition d'esprit qui est à l'origine de tout, et je serais bien en peine de prouver qu'il n'est pas dans notre nature de soumettre les autres à notre pouvoir et à notre volonté, de les briser corps et âme, et que nous nous évertuons constamment à représenter la nature humaine sous un jour qui n'est pas la sienne. Que l'instinct de bienveillance n'existe pas. Et même si Martin a été programmé pour sourire quand je le pénétrerai, ce sourire ne sera fondé en rien sur une situation réelle ; il ne sera inspiré d'aucun comportement humain avéré. Et j'ai peur que cela pervertisse mon esprit, Dr Seligman, que, compte tenu de mon bagage, cela réveille le monstre en moi et que peu à peu je me mette à imaginer que Martin est réel, que je commence à traiter les gens du monde réel comme lui. J'ai peur de finir par oublier ce qu'est un être humain et d'essayer de baiser des gens sans leur consentement, ou pire encore. Cela dit, avec ce nouvel esclavagisme et tous ces nouveaux outils ou gadgets qui sont en permanence à notre disposition comme des petits toutous délirants, il y a une touche d'ironie qui manquait dans les anciennes formes d'esclavagisme. Contrairement à ce qui se passait avec l'esclavagisme plus traditionnel, où on réduisait les gens à leur corps dans le but de les annihiler au bout du compte ou de les torturer à mort et de détruire toute preuve de leur existence, le genre d'esclavagisme qui nous a tous rendus riches à millions, ces nouveaux esclaves électroniques nous enterrent vivants. Avez-vous remarqué, Dr Seligman – mais peut-être avez-vous la chance d'être trop vieux pour ce genre de modernité –, que ces nouveaux esclaves sont conçus dans le but exprès de nous pousser à rester enfermés chez nous ? Qu'ils nous privent de tout contact humain en nous apportant sur un plateau notre nourriture, nos courses et nos orgasmes, tout en noyant le peu de cervelle qu'il nous reste sous un déluge incessant d'émissions télévisées ? Qu'ils nous baisent et nous gavent jusqu'à ce que nous ne sachions même plus épeler notre propre nom ? Jusqu'à ce que nous oubliions que nous ne sommes pas les répliques de nous-mêmes que nous voyons sur l'écran ? Jusqu'à ce que les derniers lambeaux inutiles de notre personnalité se retrouvent isolés par le confort et le silence.

Et quand nous nous retrouvons dans la situation de devoir parler de nous-mêmes, le malaise s'installe, parce qu'il y a si peu à dire, en réalité. Vous arrive-t-il à vous aussi de devoir participer à des apéros entre collègues, Dr Seligman ? Ce genre de rassemblement où on ne sait pas trop si les gens sentent la pisse ou le café, où ils font la conversation jusqu'à ce que tout le monde soit assommé d'ennui au point d'avoir envie de se jeter dans un tonneau plein de clous et de se laisser rouler au bas d'une colline ? Quand j'avais encore un travail, la seule façon d'échapper à ces situations était de mentir, de dire que je venais de Berlin puis d'arrêter d'écouter quand les gens se mettaient à dévider leurs anecdotes prévisibles. Voilà ce que signifie être allemand quand on vit à Londres : faire croire qu'on vient de Berlin et qu'on a lu toute l'œuvre de ce putain de Max Sebald. Ça marche à tous les coups. Mais enfin, je ne comprends pas vraiment où est l'intérêt de cette nouvelle façon de voyager, Dr Seligman. Vous ne trouvez pas que c'est une illusion tragique de croire que les gens ont appris quoi que ce soit parce qu'ils ont passé trois mois à Amsterdam ou à Hanoi ? À tout prendre, ça les rend encore plus cons, parce qu'en général ils sont persuadés que le seul fait d'avoir été exposés à une forme d'exotisme en vogue les autorise à penser qu'il s'est passé quelque chose de notable dans leur existence. Que, comme par magie, ils sont devenus différents, mais dans un sens positif. J'ai beaucoup plus de respect pour les gens qui passent chaque année les mêmes vacances banales, sur la même plage méditerranéenne, au lieu de faire de leurs congés payés une profession de foi. Je suis certaine que vous faites toujours des choix très pertinents pour vos vacances, et je vous imagine troquer vos bésicles pour l'une de ces paires de lunettes de soleil intemporelles, Dr Seligman, emmener votre femme dîner comme vous le faisiez il y a si longtemps. Vous n'êtes pas comme ces gens qui se laissent pousser la barbe du jour au lendemain et qui décident sur un coup de tête de faire le tour du monde à dos de chat empaillé, d'aller dans les bars fréquentés par les indigènes, de manger de la *street food* puis de rentrer à la maison et de faire de grands exposés à la cantonade sur toutes ces cultures étrangères. Ces gens-là m'insupportent, Dr Seligman ; ils sont comme les films américains sur l'Holocauste, ils transforment tout en cliché, tant et si bien qu'on finit par avoir l'impression d'être en train de se faire enculer par Ronald McDonald pendant qu'on cherche désespérément une clôture électrifiée sur laquelle se jeter. Je ne sais même pas à quel moment les choses sont devenues grotesques au point que je doive me forcer pour sortir de chez moi, parce que je ne vois pas comment nous pourrions redevenir humains. Vous avez probablement raison de penser que c'est quelque chose dont j'aurais pu parler à Jason, que cela avait peut-être à voir avec ma colère, mais ce n'est pas à cause de ses vacances au Mexique que j'ai menacé mon collègue, d'ailleurs j'ai même accepté de bonne grâce la petite tête de mort brillante et bariolée qu'il m'a offerte en souvenir. J'ai même souri quand il m'a parlé de ces plages de sable blanc et de tout le mezcal qu'il s'était enfilé, je me suis même abstenue de lui faire remarquer que, pour aller dans tous ces endroits, il avait dû passer devant plusieurs charniers contenant les dépouilles d'individus décédés dans d'atroces conditions, des femmes pour la plupart. Mais je ne suis pas ce genre de personne, et c'était vrai avant même que Jason me dise qu'il fallait que j'apprenne à être heureuse pour les autres et que ne pas juger les autres me permettrait d'être plus généreuse envers moi-même, que je pouvais entraîner mon esprit à ne plus réagir à ce genre de déclencheurs. Pourtant je sentais que, si je faisais ça, il ne resterait plus grand-chose de moi, que je deviendrais ramollie et que je disparaîtrais peu à peu, alors j'ai continué à lui mentir.

Je comprends que vous me posiez cette question, Dr Seligman, mais je ne suis pas toujours comme ça, et il est tout à fait possible que, si Jason avait été capable d'apprécier la signification esthétique du velours, je n'aurais pas été si méchante. À vrai dire, c'est votre penchant pour le velours qui m'a convaincue, la première fois que nous nous sommes vus, que j'avais eu raison de venir vous consulter, et puis ça va tellement bien avec votre aftershave. Il y a quelque chose dans le velours rouge foncé qui tapisse vos murs et vos fauteuils qui m'a donné à penser que vous étiez quelqu'un de sérieux, quelqu'un que je pouvais respecter et à qui je pouvais confier cette tâche les yeux fermés. Je pense que beaucoup d'autres chirurgiens plastiques ont sombré dans la vulgarité à cause de tout l'argent qu'ils gagnent et des gens qu'ils traitent, mais pas vous, Dr Seligman ; il n'y a pas une once de glamour en vous. Et, allez savoir pourquoi, je suis incapable de mentir quand je suis cernée par tout ce velours, peut-être parce que c'est une matière qui évoque la puissance tout en restant délicate, c'est l'une de ces combinaisons au charme desquelles nous cherchons éternellement à succomber. Jason, lui, avait installé son cabinet dans l'une de ces pièces modernes où il est impossible de savoir si l'on se trouve dans un café, un bureau, une boutique ou le salon de quelqu'un, et je ne sais toujours pas bien de quoi il retournait. Tous ces tons avocat m'anesthésiaient l'esprit, alors dès que je mettais un pied dans cette pièce je me sentais irrésistiblement poussée à lui mentir. Ce n'était pas un espace propice à l'honnêteté. Mais comme j'avais quand même du mal à tenir toute une séance avec mes histoires sur la bite du Führer et les moyens que nous inventions parfois pour inclure ses chiens dans nos jeux, j'ai fini par lui raconter qu'il m'arrivait de suivre des inconnus dans la rue. Je ne me rappelle plus comment cette idée m'est venue, mais j'étais fascinée, je crois, par le pouvoir qu'on peut obtenir en outrepassant ces petites limites. La plupart des gens seraient terrorisés si vous colliez soudain le nez à leurs fenêtres, et ce n'est même pas illégal – de même que la loi n'interdit pas spécifiquement de suivre quelqu'un dans la rue. Je crois que la plupart des perversions proviennent d'un sentiment d'inconséquence, Dr Seligman, et en parler à Jason était un moyen amusant de les tester, une autre façon de m'oublier. Et puis c'est très facile de suivre quelqu'un ; vous avez déjà essayé ? Il y a tellement de vies dans cette ville, où que vous tourniez votre regard vous vous heurtez à la réalité de quelqu'un d'autre, et je suis parfois remplie d'effroi à l'idée de tous ces gens autour de moi qui respirent, dorment, prennent des douches et pompent des tas de ressources en ce moment même, à l'idée qu'il existe tant d'autres façons de faire. J'ai grandi dans une petite ville, alors il m'arrive souvent de trouver cela tout bonnement incroyable que nous soyons si nombreux ici. Et pourtant ils sont si *peu* nombreux, les gens dont on aura l'occasion de vraiment connaître la vie, et maintenant que j'ai fait le choix de venir vous voir, j'ai plus peur que jamais de la solitude. Vous, vous avez rempli ces sept cadres posés sur votre bureau avec des visages débordant d'amour, vous avez bâti votre propre forteresse contre la solitude, ou du moins c'est ce que vous croyez, mais moi je ne pourrai plus jamais faire ça, et ça me terrifie. Et si, comme la créature de Frankenstein, je finis par essayer à tout crin de phagocyter le bonheur des autres, par me faire chasser à chaque fois comme un pigeon répugnant, le corps flétri et rongé des pieds à la tête par ma propre disgrâce ? J'exagère, je sais ; cette famille était tout aussi malheureuse que le monstre, et il a eu de la chance de s'enfuir puis de détruire leur vie de loin. K me disait toujours que nous ne possédons pas le pouvoir de nous rendre heureux les uns les autres, et que nous ferions mieux d'accepter la solitude en considérant qu'elle est inhérente à la condition humaine. Qu'il n'existe aucun moyen par lequel nous pourrions nous débarrasser de notre peau et que nous sommes tous nés avec le cœur brisé. Il pensait que c'était cela que signifiait le péché originel.

Je n'ai jamais parlé à Jason de ma peur de la solitude, Dr Seligman ; je ne voulais pas ouvrir la porte à toutes ses conneries de pensée positive, alors je lui ai juste parlé d'Helen, la femme que je croisais tous les matins en me rendant au travail. En général les femmes ne m'intéressent pas ; leur corps a tendance à me rappeler mes propres obligations et m'emplit de terreur. Je ne peux pas m'asseoir à côté d'une femme enceinte sans sentir une légère panique me remonter du fond de la gorge et ma poitrine se serrer subitement. Mais il y avait quelque chose chez Helen qui m'intriguait. Je lui ai donné ce prénom parce que je trouvais que ça lui allait bien. Elle avait un petit grain de beauté et elle me rappelait Bambi, avec ses yeux un peu trop grands pour son visage et empreints de ce genre de peur dont les hommes aiment protéger les femmes. C'est l'une des nombreuses hontes de ma vie – je n'ai compris que très récemment que Bambi est censé être un garçon et que le film est inspiré d'un roman pornographique autrichien, ce que je trouve assez réjouissant. Bambi le petit faon lubrique. Aujourd'hui il faudrait que je rebaptise Helen d'après un autre animal – sûrement pas une biche, mais à l'époque ça me paraissait approprié. Elle était menue, les cheveux blonds et soigneusement permanentés de sorte à paraître ondulés, toujours habillée à la mode du jour, et l'un de ses doigts fins arborait une bague de fiançailles. J'aimais bien la façon dont elle portait la main à ses lèvres en mangeant son croissant matinal, à la manière de ces femmes qui s'interdisent de prendre du poids, et je me demandais comment elle pouvait supporter d'être comme tout le monde. Elle devait bien savoir que des cohortes d'autres femmes à Londres portaient la même bague, utilisaient les mêmes produits pour se teindre les cheveux, retrouvaient le même crétin en rentrant chez elles le soir et rêvaient du même mariage en Toscane. Mais Helen avait l'air satisfaite, même si son fiancé lui avait selon toute probabilité demandé sa main devant un monument public, sur une plage ou dans leur restaurant préféré, géré par des étrangers hautains qu'ils flattaient en s'extasiant devant l'originalité de leur décoration atroce, et je m'accusais d'être amère et jalouse. Pourquoi ne pouvais-je pas accepter que certaines femmes retirent du bonheur de leur vagin et de leur féminité ? Pourquoi fallait-il toujours que j'y voie une marque de faiblesse ? Et donc, fidèle à mes racines catholiques, je m'efforçais de me repentir. Avant cela, le fait de se mettre à genoux ne correspondait pour moi qu'à une position confortable pour se masturber, mais soudain je voulais apprendre à accepter ce que la vie me réservait, accepter que moi aussi je pouvais être comme Helen. Je crois que jusque-là ma petite histoire plaisait bien à Jason, avec ce désir inattendu de ma part de devenir propre sur moi et décente, de me débarrasser de mes poils pubiens et de me mettre à ressembler à une pêche. Et même quand je lui ai parlé de la vie sexuelle d'Helen telle que je l'imaginais – du corps de son mari en particulier, de ses fesses bien fermes et de sa queue robuste –, il paraissait soulagé qu'on ait refermé le chapitre de la sexualité nazie ; il n'aurait plus à m'écouter raconter comme la voix d'Adolf continuait à me donner des érections incontrôlables, même plusieurs années après notre rupture imaginaire. J'étais soudain redevenue une petite chatte mal baisée qui considérait les hommes comme des objets, ce qui devait lui paraître un crime plus acceptable en comparaison. Il a eu l'air nettement plus mal à l'aise quand je lui ai dit que j'avais commencé à suivre Helen, parce que la croiser le matin dans les transports n'était tout simplement plus suffisant. Et quand je lui ai révélé que je comptais entrer par effraction chez elle – l'une de ces maisons avec un magnolia violet planté dans le jardin – pendant qu'elle était en vacances sur une île grecque, j'ai vu passer sur son visage les premiers signes d'un authentique désespoir. Je lui ai dit que je ne pensais pas à mal ; seulement, dès que je commence à connaître quelqu'un, j'ai toujours envie de me masturber dans sa baignoire ou de lui dérober un petit souvenir, un objet de sa vie quotidienne, un sachet de thé par exemple, un stylo, ou, parfois, quelques cheveux récoltés sur son oreiller. Vous riez, Dr Seligman ? Jason, lui, ne riait pas, et je voyais bien qu'il pensait que j'avais séquestré Helen dans ma cave. Il est possible qu'il m'ait prise pour une Autrichienne ; les Allemands ne se donnent pas la peine d'enfermer les gens dans des caves, en général – ils se contentent de les torturer au rez-de-chaussée, le souci de la discrétion ne les effleure pas. Ils n'ont pas à se montrer à la hauteur de l'un de ces vieux empires démodés. Et puis Jason ne comprenait pas qu'il n'y a rien de tel que de se masturber dans des endroits qui ont une signification pour vous, et que vous ne les oublierez jamais de toute votre vie. C'est comme si ces endroits devenaient votre propre maison et que, le suicide mis à part, c'était la seule liberté qui vous était accessible. Je suis sûre que vous serez d'accord avec moi, Dr Seligman ; après tout, pourquoi vos murs seraient-ils tapissés de velours, sinon ?

Bien sûr que je ne vois aucun inconvénient à ce que vous preniez des photos. Votre assistante m'a prévenue que ça faisait partie de l'examen d'aujourd'hui, mais je vous remercie de votre prévenance – et ne vous inquiétez pas, je ne bougerai pas. Tout de même, je ne peux pas m'empêcher de penser que Jason s'est montré bien ingrat ; il n'avait aucune considération pour la bonne volonté que je mettais à accepter ma situation, quoi qu'on entende par là, mais je m'étais dit qu'il serait satisfait de constater que j'avais au moins conscience de me trouver dans une certaine situation. Je ne voulais pas non plus qu'il se mette à avoir des doutes, parce que je n'avais pas les moyens d'aller au tribunal si jamais mon ex-collègue portait plainte ; je n'ai pas touché un si gros héritage que ça, et ce n'est qu'une question de temps avant que ma tante me demande de lui rendre des comptes. J'imagine qu'une partie de moi avait envie d'avoir pitié de Jason. Avec les gens comme lui, c'est un peu comme dans les westerns : il faut être le premier à appuyer sur la détente, parce que si vous n'avez pas pitié d'eux, eux auront pitié de vous – et dès lors tout ne peut aller que de mal en pis. Et puis j'aime bien donner aux gens le sentiment qu'ils sont incompétents, parce que moi-même je ne me suis jamais trouvée bonne à rien, alors pourquoi devrait-il en aller autrement pour les autres ? Je suis certaine que vous n'avez jamais été confronté à une telle situation, Dr Seligman ; vous, vous ne laisseriez jamais un individu comme Jason remettre en question vos convictions. Vous êtes bien trop sûr de vous-même et de vos principes, vous savez comment vivre votre vie, et vous n'avez besoin d'aucune aide. Contrairement à la majorité des hommes, vous savez faire la différence entre une femme et une bicyclette. C'est une qualité fort séduisante, Dr Seligman, et les gens inutiles comme moi sont très attirés par le genre de conduite que vous offrez en exemple, nous sommes telles des mouettes qui suivent les paquebots sur les océans, exaltées par cette impression soudaine de maîtrise et de détermination. Mais les gens comme Jason ne trouvent de sens à leur existence que dans le malheur des autres, en leur faisant croire qu'ils connaissent le cap à suivre alors qu'au bout du compte ils finiront par se noyer comme tout le monde, et sans raison apparente. Comme le garçon dans ce navet de *Titanic*. On sait tous qu'il y aurait eu largement assez de place pour lui sur la planche de bois, mais on sait aussi que c'était la seule manière de faire de tout ça une histoire d'amour. En se faisant croire qu'elle l'aurait épousé, en se régalant du spectacle d'un cœur brisé plutôt que de la réalité. Personne n'a envie d'épouser son béguin de vacances, et les femmes ne peuvent pas sauver les hommes de la pauvreté, sauf dans le cas des vieilles perverses ; seule Jasmine a eu le droit de sauver Aladin, mais il faut dire aussi que son animal domestique était un tigre. Face à ça, mieux vaut se tenir à carreau.

N'allez pas croire que je suis une sociopathe, Dr Seligman, je vous en prie. Je sais que nous avons besoin de nous bercer d'illusions, mais je me dis parfois que nous ne devrions pas avoir peur à ce point de la vérité. Et je ne parle pas du fait que la plupart des huiles d'olive soient une arnaque ou qu'une barbe sur trois contienne des traces d'excréments – les vérités de ce genre ne sont pas très amusantes, et nous ferions sans doute mieux de continuer à nous mentir à nous-mêmes sur ces sujets comme sur le mal que nous nous faisons à nous-mêmes et aux autres. Mais qu'en est-il de la beauté ? Ne croyez-vous pas que nous serions plus heureux si nous nous débarrassions enfin de cette illusion ? Un jour, quand j'étais plus jeune, ma meilleure amie est allée voir une diseuse de bonne aventure, et elle n'arrêtait pas de me faire peur en me parlant d'une guerre imminente, la troisième guerre mondiale. Et savez-vous quelle est la première idée idiote qui m'est passée par la tête ? Que je pouvais enfin manger autant de chocolat que je voulais, que soudain ça n'avait plus aucune importance que je sois grosse ou non, qu'une puissance supérieure avait enfin pris le contrôle de mon corps. J'ai repensé aux photos de ma grand-mère avec la peau sur les os après la guerre, Dr Seligman, et je trépignais de joie à l'idée que je serais bientôt libérée de toutes ces petites préoccupations mesquines à propos de mon ventre rebondi et des inquiétudes de ma mère qui craignait que j'aie de grosses fesses toutes flasques. C'est grâce à elle que j'ai toujours su qu'un corps pouvait être laid et que, quoi que vous fassiez dans la vie, l'important c'était de ne rien avoir de mou. À ce jour, je n'ai jamais réussi à me libérer de son point de vue. Je revois en permanence la lumière de ces cabines de change éclairer mes rondeurs ignobles, révélant tout ce que j'aurais voulu cacher à son regard. Mais à l'époque, j'avais décidé que j'irais m'acheter du chocolat blanc, autant de tablettes que me le permettrait mon maigre argent de poche, et que je les dissimulerais à ma mère pour les manger en cachette quand je serais seule, certaine que mon corps avait pour ainsi dire cessé d'exister face à cette catastrophe. Ce n'est que bien plus tard, après que j'ai mangé tout ce chocolat et qu'aucune bombe n'est tombée devant ma fenêtre, que j'ai compris que pas une seule catastrophe, hormis une ultime frappe nucléaire, peut-être, ne serait jamais assez grande pour nous libérer de cette malédiction. Que même si nous sommes en charge de cette planète, nous sommes ses habitants les plus laids, et que notre propre désir d'être beaux n'aura jamais de fin, que nous ne nous satisferons jamais de la beauté que nous avons sous les yeux. Pourtant je n'oublierai jamais l'émotion avec laquelle j'ai mangé tout ce chocolat, Dr Seligman ; aujourd'hui, il suffit que j'en mange un carré pour avoir mal à la tête, mais à l'époque c'était un péché sans conséquences. Et je n'ai jamais cessé de rêver qu'un jour mon corps n'aurait plus aucune importance. C'est un peu comme imaginer que vos lunettes sont des lunettes de soleil, Dr Seligman ; la lumière devient plus facile à supporter.

Toujours avec cette même amie, je regardais aussi beaucoup de clips vidéo. Je n'ai jamais été très portée sur la musique, et j'ai toujours eu l'impression que ces chansons ne s'adressaient pas à moi. Mais il y avait quelque chose dans cette extravagance condensée qui me fascinait – ces corps parfaits et la façon dont ils se sortaient de n'importe quelle situation en l'espace de trois minutes. Leur capacité à rester séduisants au milieu de n'importe quelle calamité. Rien ne semblait avoir d'importance du moment que vous saviez danser et que quelqu'un vous maquillait, vous pouviez raconter n'importe quelle histoire en quelques couplets, et j'ai commencé à regarder le classement des plus grands tubes tous les samedis matin dans la chambre des parents de mon amie. Mes parents ne se seraient jamais abonnés à ces chaînes payantes, avec leurs émissions distrayantes et tous ces trucs américains, toutes ces publicités. Et ils n'auraient pas compris que je trouve du réconfort à me plonger dans cet univers parallèle, à regarder ces gens qui avaient laissé derrière eux leur existence banale pour mener une vie de paillettes et de célébrité, qui aimaient l'idée qu'un tas d'inconnus affichent des posters d'eux dans leur chambre. J'admirais leur assurance, et à cause de ces clips je pensais même qu'ils avaient une certaine élégance et que leurs mouvements étaient réels. J'imagine que vous riez encore, de là où vous êtes, mais je n'étais pas dupe des paroles, et personne à l'époque ne chantait sur ce que signifie pour un garçon d'être coincé dans un corps de fille et d'avoir envie de baiser avec d'autres garçons. Je ne suis même pas sûre de quoi parlent ces chansons aujourd'hui, la culture pop n'étant pas si subversive que ça puisqu'elle doit pouvoir se vendre dans des endroits où les gens ne sont pas libres. Mais leurs corps m'induisaient en erreur, et il faut avoir atteint un certain âge pour comprendre que, si jamais vous tentiez de marcher dans la rue accoutré comme eux, même si vous disposiez d'un corps aussi parfait que le leur, vous offririez un spectacle assez pitoyable. Nous avons été biberonnés à tant d'images idéalisées que je m'étonne que nous supportions encore de nous regarder les uns les autres. Pourtant, au bout d'un moment, quand j'étais assise là devant la télé avec ma meilleure amie, je remarquais toujours que son visage à elle luisait d'une légère rougeur – ces images l'excitaient. Mais moi, j'avais beau essayer, elles ne me faisaient rien ; mon vagin restait aussi insensible et engourdi que s'il avait été en pâte à modeler, informe et inutile. Non pas que je les détestais parce que j'étais l'un de ces individus qui détestent les choses pour la seule et unique raison que toutes les petites filles les adorent ; simplement il m'a fallu une éternité pour comprendre mes propres désirs, Dr Seligman, pour comprendre que leur assouvissement était voué à demeurer hors de portée, et que choisir mon chanteur de boys band préféré, dont j'avais d'ailleurs le plus grand mal à me souvenir, serait toujours un mensonge parce que mon corps n'était pas le bon réceptacle. Parce que mon corps n'existait pas. Parce que je n'arrivais pas à voir ces garçons avec les yeux d'une fille. Je crois que c'est pour cela que j'ai commencé à aimer l'opéra et le théâtre à un âge précoce ; ça aussi c'était bizarre, mais c'était une forme de bizarrerie dont les gens avaient entendu parler et qu'ils étaient plus disposés à accepter. Je me sentais plus à l'aise dans un univers de costumes et d'allégories où, de temps à autre du moins, on apercevait une femme habillée en homme ou un homme, voire plusieurs, danser en collants, faisant des gestes comme je n'en avais encore jamais vu. Des corps qui n'étaient pas conçus pour parler aux filles ou aux garçons mais qui s'adressaient à d'autres sens, qui allaient plus loin que tout ce que j'avais connu jusqu'alors, et je suis tombée folle amoureuse de ce monde où, pendant quelques heures, tout était possible et on pouvait se laisser aller à ses émotions sans raison particulière. À l'époque j'aurais tout donné pour vivre sur scène, Dr Seligman, pour avoir le droit de me balader dans le costume de mon choix.

Cet amour de la scène est l'une des choses que j'avais en commun avec K. Lui aussi semblait fasciné dès que le rideau se levait, et je sentais qu'il était électrisé par une sorte d'excitation puérile. Il m'a dit qu'à ses yeux c'était un endroit où il se sentait en sécurité, un endroit où on savait à l'avance à quelles horreurs s'attendre. C'était aussi l'un des rares lieux où nous pouvions rester assis dans le noir au milieu des autres et faire semblant d'être comme eux, un couple parmi des centaines d'autres sortant le jeudi soir et se tenant par la main pour montrer leur affection. Ils n'avaient aucune idée de ce qui se passait sous ma jupe, et je voyais que lui, de son côté, devenait de plus en plus téméraire ; il savait pertinemment que nous risquions de tomber sur l'une de ses nombreuses connaissances – en tant qu'homme marié, K connaissait beaucoup d'amis d'amis –, mais il s'en fichait. Il m'avait dit que sa femme n'aimait pas le théâtre et que c'était très important pour lui d'y aller avec moi, que ça l'aidait à surmonter ses problèmes. Il m'a fallu longtemps, Dr Seligman, pour percer à jour ses démons. Ce n'était pas son corps, car contrairement à moi il était aussi sûr de son apparence et de ses gestes qu'une pop star ; j'ai donc passé de longues heures à ses côtés dans l'obscurité à me demander ce qui le poussait à fuir sa vie parfaite pour être avec moi et mon vagin de plus en plus dysfonctionnel. Il faut dire aussi que c'est l'un de mes nombreux défauts, Dr Seligman : je suis incapable d'imaginer le malheur des autres. Je me sens si agressée par la société depuis toujours que j'ai fini par refuser aux gens qui vivent conformément à ses lois le droit d'être malheureux. J'ai toujours voulu qu'ils sourient à en crever – pour avoir soutenu ces institutions et les interdits qui avaient rendu les choses si difficiles pour moi, pour avoir cru que, tant qu'on cochait toutes les cases et qu'on obéissait à toutes les règles, on était assuré de chier des roses jusqu'à la fin des temps. Je ne voulais pas qu'ils soient autorisés à parler de leurs souffrances ; je voulais qu'ils souffrent de leur propre stupidité, qu'ils crèvent de faim comme ce roi grec au beau milieu de leur putain de bonheur. Même K. Un jour j'ai vu une photo de sa femme ; elle était jolie – un peu comme Helen, vous voyez, l'une de ces femmes que ça ne dérange pas d'être une femme, et il m'a fallu un temps infini pour admettre qu'il se sentait seul au milieu de tout son bonheur, que lui aussi éprouvait la pression de devoir sourire sur les photos de famille, ou de devoir sourire en général. Vous savez, cette nouvelle mode qui veut que nous nous amusions constamment ? Ce sourire jusqu'aux oreilles qu'affichent les gens dans les pubs pour les compagnies d'assurances et les crèmes contre les verrues ? Si ça ne tenait qu'à eux, nous souririons tous en permanence, même dans notre sommeil, et le pire c'est que ces gens prennent ça pour une critique quand vous ne leur rendez pas leur sourire ou que vous refusez de vous amuser. Si vous étiez un chirurgien plastique normal, Dr Seligman, je vous demanderais de réduire au silence ces muscles de mon visage, de mettre un terme à cette industrie du bonheur.

Avez-vous peur des chiens, Dr Seligman ? Ou, plutôt, de ces hommes qui vivent le peu de sexualité qu'il leur reste essentiellement à travers les parties génitales hypertrophiées de leur animal domestique ? À ce qu'il paraît, la première chose que les hommes regardent chez un chien, avant de voir quoi que ce soit d'autre, ce sont ses parties intimes – comme des victimes de leurs propres rêves. Imaginez un peu toutes les femelles qu'ils doivent reluquer et tous les chiens qu'ils ont dû torturer parce qu'ils se sentaient inférieurs à eux. Et pourtant ces hommes refusent souvent de faire castrer leur toutou ; ils ont peur que ça renvoie une image négative de leur propre bite désœuvrée. Mais bon, je ne me suis jamais fait de souci pour ces chiens, je n'ai jamais craint qu'ils tournent vers moi leur petit museau affectueux. Jusqu'à ce que K me parle de sa phobie des chiens, il ne m'était tout bonnement jamais venu à l'esprit que certains d'entre eux étaient comme des armes illégales au bout d'une laisse, que ces crocs pouvaient me déchiqueter, que ces mâchoires étaient suffisamment puissantes pour me pulvériser les os. Au début ça me semblait très étrange, Dr Seligman, parce que si vous voyiez K, vous vous diriez que vous avez affaire à un type robuste, doté du genre de physique voué à ne jamais essuyer la moindre blessure. Mais le corps que voient les autres n'est jamais le corps que nous percevons nous-même, et dès qu'il voyait un chien il changeait de trottoir ; quand je marchais à côté de lui dans la rue, je sentais tout son corps se figer de terreur. C'était très déconcertant pour moi que sa fierté soit si vulnérable, que tout le monde puisse voir qu'il y avait en lui une blessure que sa peau n'avait jamais pu dissimuler. C'était comme regarder quelqu'un se faire gifler par sa propre main. Nous n'avons jamais parlé de cette peur, ni de sa peur du noir, parce que je me dis toujours qu'il n'y a rien de plus intime que la peur, et K en avait à revendre. Il aurait fallu une vie entière pour les cataloguer. À quoi pensez-vous quand vous entendez le mot peur, Dr Seligman ? Moi, je pense à une partie de mon corps que je ne connais pas mais dont je suis sûre qu'elle existe, un morceau de chair rose datant d'avant ma naissance. Quelque chose qui refuse d'être touché parce qu'il ne dispose pas encore de peau pour se protéger, comme une version de moi qui n'a jamais pu venir au monde et qui respire quelque part dans l'obscurité, terrorisée à l'idée d'être découverte et livrée à de mauvaises mains. Quelque chose d'humide et d'informe. Mais vous, Dr Seligman – est-ce que vous pensez à l'angoisse ? À mes ancêtres en uniforme et à leurs chiens ? K m'évoquait souvent cette image, la violence décuplée qui en résulte si on l'applique à un animal né sans intentions, qui en d'autres circonstances vous aurait protégé. Un animal qu'on a privé de sa dignité afin que vous soyez relégué au même rang que lui. Et pourtant ils ne vous auraient même pas offert l'opportunité de devenir gladiateur ; ils allaient droit à l'humiliation, au pouvoir de ceux qui pensent qu'ils ont corrompu la nature à leur avantage – ce qui m'amène à une autre de mes inquiétudes, Dr Seligman. La violence est un jouet si typiquement masculin, et j'ai l'impression qu'en suivant ce processus je m'expose à ces possibilités. Je prends le risque de devenir l'un de ces Allemands au visage charcutier qui ont besoin d'une grosse verge canine, et ça m'inquiète, Dr Seligman, ça m'inquiète vraiment beaucoup.

Je crois que c'est l'une des raisons pour lesquelles je suis venue vous voir ; pour être honnête, c'est même sans doute la raison principale, et je sais que ça peut paraître un peu étrange, Dr Seligman, mais quand j'étais plus jeune je pensais que la seule façon de conjurer l'Holocauste serait de tomber amoureuse d'un Juif. Et pas simplement le premier vieux Juif venu, mais un vrai de vrai, avec papillotes et kippa. Un Juif pieux, qui saurait lire la Torah et qui ne sortirait pas de chez lui sans un chapeau noir. Je sais bien que c'est de mauvais goût, et je ne vous raconte ça que pour vous faire comprendre d'où je viens, et peut-être aussi pour confesser que j'ai toujours eu un faible pour ces papillotes. Moi-même j'ai traversé une phase pendant laquelle je faisais semblant d'avoir encore ces bouclettes que je détestais tant, en me farcissant le crâne de bigoudis tous les soirs, et j'adorais l'idée qu'un homme fasse la même chose ; ça rendait tout à coup les choses beaucoup plus fluides, et je me sentais moins fille en faisant ça. Je nous imaginais enlever nos bigoudis ensemble le matin, la douceur qu'il y aurait dans ce geste. Mais c'est absurde évidemment de croire qu'on peut conjurer un crime au nom d'autrui et que mon vagin, par ailleurs inutile, aurait pu soudain devenir un symbole de paix en accueillant l'une de ces magnifiques bites circoncises. Là où nous vivions, de toute façon, il n'y avait pas de Juifs, pas même le moindre indice qu'il y en avait eu autrefois – rien d'autre que cet étrange silence allemand que j'en suis venue à redouter plus que tout au monde. Cette façon de faire semblant que tout a disparu sous les ruines. Il aurait fallu que j'aille m'installer dans une plus grande ville pour trouver mon Juif, et si l'idée de parler de mes projets à mon père et peut-être même à mon grand-père me plaisait bien, je n'avais pas le courage de partir en quête de mon Shlomo. C'est comme ça que j'appelais mon nouveau fantasme romantique, Dr Seligman. J'avais toujours aimé ce prénom. Je ne suis même pas sûre que mon père aurait eu la moindre réaction – ses médicaments auraient inhibé son désespoir –, et pourtant j'aurais aimé explorer ces parties plus douces de ma famille, cette peau qui avait poussé autour de notre passé. Essayer de combler le fossé béant creusé entre ce que nous étions et ce que nous aurions pu être si nous n'avions pas décidé de changer le monde dans un moment de rage génocidaire. Je n'ai jamais vraiment réussi à prendre la mesure de ce que nous avons fait, Dr Seligman, ce que ça signifie d'éradiquer une civilisation tout entière, mais j'ai toujours eu la sensation d'avoir grandi dans un pays fantomatique, peuplé de morts plus que de vivants, où nous habitions dans des villes bâties sur les décombres de nos anciennes cités, et où chaque jour nous donnait l'impression de marcher sur quelque chose qui n'était pas censé être là. J'ai toujours eu la sensation que c'était nous-mêmes que nous avions éradiqués. Et je me disais que trouver Shlomo serait une façon pour moi de retrouver un chemin qui me ramènerait au monde d'avant, d'exhumer un fragment de ce qui avait été irrémédiablement perdu. Mais on ne revient jamais en arrière, bien entendu, et je doute fort que j'aurais pu séduire ce pauvre Shlomo avec mes parties intimes, c'est pourquoi j'admire vraiment le courage dont vous faites preuve, Dr Seligman, en approchant vos mains d'un vagin allemand. Et je tiens à vous assurer que ce ne sera pas peine perdue, car non seulement vous faites en sorte que jamais je ne pourrai procréer, mais en plus vous faites quelque chose que jamais je n'aurais pu penser dans ma langue maternelle. Vous donnez à une Allemande une bite juive, une *Jewish cock*. Voilà qui est beaucoup plus radical qu'aurait jamais pu l'être ma petite histoire avec Shlomo, n'est-ce pas ? C'est comme si l'*Übermensch* devenait enfin réalité. Je sens presque le soleil s'élever au-dessus de ma tête et les trompettes s'apprêter à sonner au fond du décor tandis que nous nous avançons main dans la main, certains de toucher à la véritable victoire. Certains que cette fois ce sera un projet de paix. Nous aurions peut-être dû demander une aide financière à l'Union européenne ; nous aurions pu baptiser notre projet « Changer de Corps et de Mentalité : Comment mon Pénis Juif a Bouleversé mon Existence ». Vous ne croyez pas, Dr Seligman ? Nous aurions pu être célèbres.

Je sais que vous m'avez déjà posé cette question, mais non, je n'ai encore dit à personne que j'étais venue vous voir. Non pas que j'aie honte, mais je préfère raconter les choses aux gens après coup. J'aime l'inévitable. Un jour il faudra que j'en parle à mes parents, bien sûr, mais vous savez, ma mère a toujours voulu que je devienne prof – une enseignante – plutôt que quelqu'un qui se fait virer d'un minable boulot de gratte-papier et dépense une petite fortune pour s'offrir une bite. Du coup, ça sera difficile pour elle, et elle se demandera aussi d'où je sors tout cet argent. D'ailleurs, ce désir de me voir devenir prof est aussi un héritage direct de ma grand-mère, qui elle-même n'a jamais pu en devenir une parce que, comme dans le cas de ma mère, à l'époque, ils n'avaient pas les moyens d'envoyer une femme faire des études, et quand ma mère a rencontré mon père et les machines à laver, il était déjà trop tard. Mais la vie finit toujours par vous donner l'occasion de réparer vos échecs en les reportant sur vos enfants. Même si vous n'avez rien accompli, vous pouvez toujours vous faire sauter et laisser vos gamins prendre le relais – quoique mes parents aient une photo de mariage romantique pour prouver la sincérité de leurs émotions, évidemment. Je ne suis pas le simple fruit de leur propre déception, du moins à ce qu'ils prétendent. Mais je les ai quand même déçus, et l'absurdité de ma situation ne m'apparaît jamais aussi clairement que lorsque j'essaie de m'imaginer sous les traits de l'une de ces profs allemandes, la poitrine fièrement affichée devant une salle de classe remplie d'adolescents qui auraient dû m'appeler Frau Göring-Mengele, ou Bormann-Speer, ou tout simplement Fräulein Adolf. Rien qu'à cette idée j'ai envie d'éclater de rire – moi, responsable de l'éducation de ces jeunes gens, menant une existence immédiatement compréhensible pour tout le monde. Non pas que je n'éprouve pas de temps à autre une pointe d'envie à l'égard de ces personnes-là, Dr Seligman ; quand j'ai le moral en berne, oui, il m'arrive de me demander ce que vaut réellement ma petite part de liberté, et si je n'aurais pas pu trouver un moyen de me ressaisir, de faire la paix avec mes seins et d'inspirer à plusieurs générations d'enfants la haine de la musique et de la littérature. Je n'ai jamais eu la fibre scientifique.

Mais je n'aurais jamais tenu à long terme, parce que si vous décidez de mener une telle existence il faut vraiment la vivre pleinement, et si les gens apprennent que vous aimez tailler des pipes à des inconnus dans des chiottes publiques, ils ne vous confient plus leurs enfants. Et ils vous pourchassent en brandissant leurs fourches dès qu'ils comprennent que c'est la queue de leur mari que vous aviez dans la bouche. En tant que femme, j'aurais dû me marier afin de ne pas être une source de danger, et ça, il n'en a jamais été question. Je n'ai jamais fait ce rêve, Dr Seligman, même quand j'étais petite.

Je persiste pourtant à croire que K m'aurait trouvée quoi qu'il arrive, et qu'il n'aurait vu aucun inconvénient à me passer la bague au doigt, d'ailleurs moi non plus ça ne m'aurait pas dérangée. Rien n'aurait pu nous empêcher de continuer à nous livrer à nos petits jeux, et il m'aurait fait retourner dans ces endroits quoi qu'il arrive. Nous avions les moyens de prendre une chambre d'hôtel de temps en temps, mais ça l'excitait de jouer en public. Quoi qu'il fasse, Dr Seligman, K recherchait toujours l'exposition dans des lieux neutres, et je n'ai jamais rencontré d'homme aussi peu attaché à son espace intime. Son jeu préféré était de me livrer à un homme de son choix et de coller son oreille à la porte pour nous écouter. Vous en serez peut-être consterné, Dr Seligman, mais dès la première seconde j'ai eu confiance en K, et j'aimais me faire dominer de cette façon ; j'aimais aussi éprouver le frisson de ne jamais savoir si nous nous retrouvions simplement pour boire un verre ou s'il avait d'autres projets à mon égard. Chaque fois que j'avais été vilaine, il choisissait un homme particulièrement laid, l'un de ces hommes qui ne peuvent jamais espérer tirer un coup que par charité. Tailler une pipe à de parfaits inconnus est quelque chose d'étonnamment facile ; c'est presque comme si ça ne comptait pas, parce qu'on ne court aucun risque de faire un bébé, parce que ce n'est pas réellement une rencontre d'égal à égal entre deux corps, il s'agit plutôt de se servir tout simplement de sa bouche pour procurer du soulagement. Mais tout ça m'importait peu ; j'étais devenue indifférente à ce corps et à ce qui lui arrivait, parce que je crois qu'à ce stade j'avais déjà pris la décision de venir vous voir, et le temps que je passais avec K était un peu comme ces fêtes qu'on organise dans une maison dont on sait qu'elle va bientôt être démolie. Rien de tout cela n'avait la moindre conséquence. Et puis ces autres petits jeux me plaisaient beaucoup aussi, quand il m'ordonnait de m'allonger par terre dans son studio et de me masturber pendant qu'il travaillait, qu'il arpentait la pièce ou répondait au téléphone, et j'avais interdiction de m'arrêter avant qu'il me l'autorise. Je n'avais encore jamais éprouvé un tel plaisir, même si j'étais agacée de devoir systématiquement jouer un rôle féminin dans ces jeux. Je comprenais bien que K ne pouvait choisir que des hétéros, mais je crois que ça le mettait en colère quand il me voyait reluquer ces autres hommes, ceux qui faisaient l'amour entre eux, parce qu'il n'était pas possessif quand il s'agissait de choses qu'il aurait pu tout aussi bien m'offrir lui-même. Mais pour le reste – il n'aimait pas voir le désir que toutes ces choses m'inspiraient, Dr Seligman, et quand j'ai fini par comprendre que K n'était pas celui que j'avais cru, il était trop tard. Quand j'ai compris qu'il tenait à moi, et qu'il n'est pas vrai que les étoiles les plus rouges sont toujours les plus froides.

Je ne voudrais pas paraître cruelle de nouveau, et je sais qu'étrangement on pourrait même le considérer comme un lointain collègue à vous, mais je viens de me souvenir de la question à mon avis la plus idiote que Jason m'ait jamais posée, Dr Seligman. Un jour, alors que je venais de m'installer dans ce joli fauteuil sans appuie-tête qu'il devait trouver approprié pour ses patients, avant que je puisse me lancer une fois de plus dans l'une de mes tirades démentes, il m'a demandé si je pensais avoir été une enfant sage. Non pas si j'avais été une enfant sage, mais si je *pensais* avoir été une enfant sage ; il faut vraiment avoir grandi en Angleterre pour poser une question pareille, vous ne croyez pas ? Comme si votre histoire personnelle dépendait de vous et de votre interprétation, comme si vous aviez votre mot à dire, comme si tout cela était une situation heureuse. Ça ne m'a pas mise en colère, mais j'ai soudain été submergée par un élan de jalousie, parce que j'ai pris conscience que tout le monde n'avait pas eu la même enfance que moi, qu'on pouvait songer au passé et en éprouver de la joie. Que les faits étaient malléables. Je veux dire, je sais bien qu'en tant qu'Allemands nous ne pourrons jamais échapper à notre passé et nous mettre à faire gaiement pousser des fleurs dans nos jardinets – que notre perspective sera toujours quelque chose qui a été ratissé à mort et qui relève plutôt du béton. C'est ainsi et on n'y peut rien, mais la question de Jason m'a fait comprendre que non seulement les gens ici pensent qu'ils ont la main sur leur passé, mais qu'en outre ils ne sont pas encombrés par le fardeau de la culpabilité. Que, parce qu'ils ont gagné une guerre, ils peuvent toujours s'affirmer convaincus d'avoir été des gens bien. Et ils ont même une reine ; on a toujours l'impression qu'ils n'ont besoin d'ériger de monuments qu'à leur propre gloire, jamais en souvenir des crimes qu'ils ont commis ailleurs. Je me souviens, quand je suis arrivée ici, j'étais fascinée que les soldats puissent être des héros et que tout ce qui restait d'un empire jadis étendu sur la planète tout entière se réduise à un penchant pour l'exotisme – le sucre, le rhum et les épices –, ainsi qu'au confort d'une langue universellement parlée. Vous avez une idée de ce que ça veut dire pour quelqu'un comme moi d'imaginer le luxe d'un passé sans tache, Dr Seligman ? Ça doit être comparable à trouver un moyen acceptable de baiser des petits chiots, de se laisser tomber à travers une couche infinie de duvet et de ne plus jamais rien ressentir de désagréable. Je me demande si quelqu'un ne devrait pas en parler à M. Shimada, lui dire que ce que les gens veulent vraiment, au fond, c'est baigner dans l'oubli et le duvet ; non pas tirer un coup avec un robot. Je ne sais plus exactement ce que j'ai répondu à Jason – je suis sûre que j'ai trouvé une façon de retomber sur mes ignobles litanies habituelles sans rien révéler de trop important, à moins que je lui aie simplement dit que je ne me rappelais pas grand-chose de mon passé – mais maintenant que j'y repense, une autre histoire me revient en mémoire. Et même si ce processus est devenu banal à mes yeux depuis longtemps, je me sens encore toute drôle, comme si je faisais quelque chose de malhonnête alors qu'en réalité il s'agit de tout autre chose. Parce que l'histoire à laquelle je songe à présent et que j'aimerais raconter à Jason ne me concerne pas moi mais K ; vous pourriez croire que ça en fait un mensonge mais pour moi ce n'est pas pareil, Dr Seligman, parce que pour être tout à fait franche je ne me souviens plus de qui j'étais avant de rencontrer K.

Est-ce que ça vous est déjà arrivé, Dr Seligman, de vous retrouver scindé en deux versions de vous-même à cause de quelqu'un ? Un avant et un après. D'avoir l'impression que chaque mot qui sort de votre bouche sonne de manière un peu étrange parce que vous avez la vague sensation que votre langue ne bougeait pas de la même façon avant, mais sans que vous ayez aucun moyen de savoir comment au juste ? D'éprouver une fierté bizarre à l'égard de vos propres imperfections, et l'impression que tous vos mouvements se sont ajustés à la réalité de quelqu'un d'autre ? Avant, je ne ressentais jamais ces élans soudains de tristesse, et je serais prête à jurer que mon nez était bien droit, qu'il y avait dans mon visage une symétrie qui le distinguait de celui des autres. Et je ne comprends pas pourquoi mes yeux sont soudain si verts. C'est presque comme si K avait versé un peu de son violet dans mes veines et mes os, pour s'assurer que tout le monde puisse voir les traces qu'il a laissées en moi, que je lui appartenais comme seuls deux amants pensent s'appartenir l'un à l'autre. Que chaque son issu de mon corps porterait l'écho de sa voix et chacun de mes gestes la réticence de ses doigts, une fois qu'il avait assouvi ses besoins. Et je crois que d'une certaine manière nous ne sommes que cela : les histoires des autres. Nous n'avons aucun moyen de jamais être nous-même. J'ai essayé pendant si longtemps d'être quelque chose d'authentique, comme ils disent, mais aujourd'hui je sais que je suis non pas une seule chose mais le produit de toutes les voix que j'ai entendues, de toutes les couleurs que j'ai vues, et que tout ce que nous faisons provoque de la souffrance ailleurs. En un sens, peu importe à qui appartient cette histoire, et rétrospectivement je ne crois pas que K et moi ayons jamais été séparés par une telle ligne de démarcation. Je sais que ça ne le gênerait pas, qu'il serait ravi au contraire que son passé soit étalé au grand jour, et je suis sûre que même vous, Dr Seligman, avec vos sept mystérieuses photos encadrées sur votre bureau, vous êtes fait d'un assemblage d'autres histoires. Vous savez, je commence à sentir confusément qu'il y a une part cachée en vous, que ces cadres ne renferment peut-être pas des photos de vos enfants et de vos petits-enfants, qu'ils renferment peut-être vos sept péchés capitaux préférés. Dans cette lumière changeante j'ai l'esprit qui commence un peu à divaguer – il me semble apercevoir les premiers flocons de neige danser derrière votre fenêtre – et quelque chose me dit à présent que vous êtes capable de ne pas vous contenter d'aimer une épouse. Ne croyez surtout pas que j'irais vous juger ; au contraire, j'admire les perversions et j'adorerais l'idée que tous les matins, après avoir pris le petit déjeuner avec votre femme, vous veniez ici vous masturber en songeant à d'autres genres de débauche en attendant votre premier patient. Que ce soit grâce à cela que vous êtes resté capable de sourire à votre femme pendant toutes ces années. Ou que, même quand vous êtes au téléphone, s'il vous arrive jamais de décrocher, ou avec un patient, vous puissiez continuer d'être charmant et détendu tout en sachant que vous n'êtes pas la personne à qui ils croient avoir affaire. Que leur respectable médecin juif prend parfois son pied en matant des photos de feu notre cher Führer. Rien ne me rendrait plus heureuse, Dr Seligman, que de savoir que vous avez une photo de nazi différente pour chaque jour de la semaine, vous appropriant ainsi ce qui vous revient de droit, en éjaculant sur leurs petits visages immuables.

Bref, pour en revenir à l'histoire que K m'a racontée et que j'aurais aimé raconter à mon tour à Jason, Dr Seligman, voilà de quoi il s'agissait. Quand il était petit, K écrivait des lettres à des personnes qu'il n'aimait pas, ce qui mettait ses parents dans des situations impossibles parce que la plupart, bien entendu, étaient leurs amis et leurs voisins. À l'époque on pouvait trouver l'adresse de tout le monde dans l'annuaire ; la vie des gens était beaucoup moins privée, d'une certaine manière. K écrivait tout ce qu'il trouvait horripilant chez eux, et, compte tenu de ses talents d'observation et de la méchanceté dont il était capable, il ne leur épargnait probablement aucun détail. Vous imaginez, faire une chose pareille à huit ou neuf ans, Dr Seligman ? À un âge où je n'osais même pas défaire mes tresses sans demander la permission, K, lui, prenait un marteau et fracassait la vie sociale de ses parents car, étant l'enfant qu'il était, il incluait dans ses lettres tout ce que ses parents avaient jamais pu dire à propos de ces personnes. Dévoilant au grand jour ce qu'on fait toujours semblant d'ignorer, à savoir qu'en vérité il est rare que les gens s'apprécient les uns les autres et que la plupart de nos constructions sociales ne reposent que sur des rapports de force ou d'intérêt. J'imagine très bien K à l'œuvre, prenant son stylo pour dire les choses telles qu'elles sont, raison pour laquelle il vaut sans doute mieux qu'il ait fini par devenir artiste ; personne ne prend les artistes assez au sérieux pour provoquer un scandale. Et cependant, je me demande pourquoi certaines personnes naissent douées d'une telle liberté, d'assez de confiance en elles pour se jeter tout de suite sur les meilleurs morceaux, tandis que d'autres, comme moi, ont besoin d'attendre la moitié de leur existence et l'héritage de leur grand-père pour donner voix à leur désir le plus ardent. Vous n'avez pas idée du temps qu'il m'a fallu pour prendre conscience que mon nom n'était pas mon nom, Dr Seligman, que ce n'était pas par paresse que je n'y réagissais pas lorsqu'on m'appelait à la crèche, mais parce que j'avais instinctivement compris quelque chose que j'ai par la suite oublié. Car je ne pouvais tout simplement pas me reconnaître dans ce nom, un nom de fille, de femme, de femelle, le nom d'une personne dotée d'un vagin. Cette petite créature qui me fait souvent l'effet d'une limace entre mes jambes. Aujourd'hui encore, je ne peux m'empêcher de grincer des dents quand on m'appelle Frau ou Madame ou Miss, ou même Mademoiselle. J'ai toujours eu le sentiment qu'aucune de ces catégories n'était apte à décrire la personne que j'étais vraiment, et j'attends avec impatience le jour où vous m'aurez donné une belle bite circoncise et où je pourrai enfin demander au monde de m'appeler par mon véritable nom, le nom qu'on aurait dû me donner il y a si longtemps. Donc, en quelque sorte, c'est un peu un baptême dont il s'agit, Dr Seligman : vous êtes pour ainsi dire le prêtre qui m'accueille au seuil de mon royaume perdu et enfin retrouvé.

Ce n'est pas du tout une question étrange, Dr Seligman, mais non, je ne suis pas vraiment en colère contre mes parents. Après tout, comment auraient-ils pu savoir qu'ils avaient engendré une anomalie de la nature ? Ils n'ont jamais eu d'autres enfants, alors oui, peut-être se sont-ils doutés que quelque chose clochait, mais je ne crois pas que ce soit une possibilité qu'ils aient envisagée quand ils ont décidé de m'avoir ; ma mère était beaucoup trop vaniteuse pour ça. C'était le genre de femme qui ne voit jamais ce qu'il y a dans la devanture d'une boutique parce qu'elle est trop absorbée par son propre reflet. Jamais elle n'aurait envisagé que son enfant puisse ne pas être parfait. J'ai toujours détesté tous ces trucs féminins, la grosse mallette bourrée de produits de maquillage, la laque pour cheveux dans la salle de bains qui me collait aux poumons, les vêtements immaculés qui ne souffraient pas le moindre accroc, la moindre tache, mon incapacité foncière à marcher en robe. Et la honte que j'ai ressentie quand mon vagin a commencé à saigner. Ma mère qui cherchait sans cesse à m'imposer son univers, le dermatologue que je devais aller voir pour soigner mes boutons et ces horribles collants brillants que je devais mettre pour couvrir mes jambes. Cette façon qu'elle avait de me faire sentir que j'étais à la fois sa rivale et sa progéniture, et que je devais être baisable à sa place dès lors que ses propres jambes fatiguées ne le lui permettaient plus, comme dans une famille de chats errants où il faut bien que quelqu'un se sacrifie pour que le spectacle continue. J'étais tellement désarçonnée chaque fois qu'elle essayait de me faire parader devant les gens, ses amis et notre soi-disant famille, sachant pertinemment qu'il n'y avait rien chez moi qui fût digne d'une telle parade. Et le pire, c'était quand elle m'emmenait faire les magasins, Dr Seligman, cette activité absurde à laquelle se livrent les gens, confondant délibérément la fin et les moyens, dans le seul but de sortir de chez eux et de faire comme s'il était réellement possible d'aller acheter un nouveau pantalon. Et ces mères qui vont faire leurs emplettes avec leurs filles qui leur ressemblent comme deux gouttes d'eau, vous voyez ce que je veux dire ? Ces filles qui poussent le mimétisme jusqu'à la perfection, qui se sont à peine débarrassées de la première couche de glaire maternelle dont elles étaient enduites à la naissance qu'elles se laissent formater à l'image exacte de leur génitrice ? Elles me terrifient aujourd'hui, chaque fois qu'il m'arrive d'en croiser, mais à l'époque je les enviais, parce que ma mère et moi donnions plutôt l'image d'une dame très chic traînant un Quasimodo en laisse – c'est en tout cas l'impression que j'avais, parce que je ne savais pas m'y prendre pour me coiffer comme il faut, ou la rendre heureuse en ressemblant à une vraie petite fille en robe. Et elle devait souffrir de mon embarras, de mon incapacité à parler de ce qui me gênait tant, à expliquer pourquoi je n'avais le béguin pour aucun des garçons de mon école ou pourquoi je ne mettais du déodorant que lorsque j'y étais contrainte. Il est possible à mon avis que son imagination soit allée jusqu'à lui faire craindre que je ne sois devenue une lesbienne à pantalon, car même à l'époque les filles ne portaient pas toutes des jupes ou des robes, mais elle ne pouvait pas se représenter quelque chose qui allait au-delà. Et je regrette de ne pas avoir compris cela, Dr Seligman ; je regrette de ne pas avoir pris conscience que si elle agissait de la sorte, c'était à cause du manque de confiance en soi qui est le lot de la plupart des femmes à la naissance, à cause de la terreur que leur inspire leur propre corps au point qu'elles sont prêtes à tout et n'importe quoi pour avoir l'air élégantes et sentir bon, qu'elles mettent ces petites socquettes ridicules pour ne pas puer des pieds en été et que tout le maquillage dont ma mère s'échinait à me barbouiller le visage était en quelque sorte une peinture de guerre, sa façon à elle d'essayer de me protéger du monde, parce qu'elles connaissent toutes le sort réservé à celles qui se rebellent – elles savent que les braises des bûchers aux sorcières continuent de briller en coulisse. Le conflit entre nous était dû en grande partie à une sorte d'angoisse de performance imposée par un monde qui faisait tout pour que les individus dépourvus de bite restent sagement à leur place, et j'aurais aimé que nous soyons moins dupes, elle et moi. Mais aujourd'hui, Dr Seligman, pour la première fois de ma vie, j'ai l'impression d'être forte, pour nous deux, d'avoir brisé ces chaînes de rouges à lèvres et de mises en plis et de pouvoir assumer fièrement mes pieds calleux ainsi que les poils autour de mes tétons. Et je sais qu'un jour viendra où nous pourrons aller faire les boutiques ensemble, où elle sera enfin fière de ce corps que nous haïssions tellement toutes les deux. J'en suis sûre, Dr Seligman, parce que j'ai tout récemment trouvé en moi la force de lui pardonner. Et comme cette situation m'inspire parfois un immense sentiment de solitude, je me suis mise à porter certains de ses vieux vêtements, ses cardigans et ses écharpes – j'ai toujours été trop grosse pour le reste –, et je crois que c'est le signe que je commence à éprouver une certaine nostalgie de l'affection que j'aurais dû lui vouer autrefois. J'ai d'ailleurs la plus grande admiration pour les gens qui ont trouvé le moyen d'aimer leur mère ; je crois qu'il n'y a pas de plus grand défi dans la vie, que c'est la seule et unique chose qui serait capable de rendre le monde meilleur.

J'ai l'impression que votre assistante s'est endormie, Dr Seligman. À moins que vous n'ayez des horaires d'ouverture réduits pendant lesquels seuls quelques privilégiés ont la possibilité de laisser un message ? Le téléphone n'arrête pas de sonner. Vous me consacrez tellement de temps, j'en rougirais presque ; vous devez être un homme bon, et je suis sûre que vous ne manquez jamais d'embrasser votre femme pour lui dire au revoir. K n'était pas vraiment du genre à témoigner son affection par certains gestes comme se tenir la main par exemple, ou se faire des mamours.

Ce n'était pas le genre d'intimité qu'il recherchait, et j'ai longtemps cru qu'il réservait ce type de comportement à sa femme et à ses enfants, que d'une manière ou d'une autre les choses auraient été plus compliquées pour lui s'il avait montré de la tendresse pour deux personnes différentes. Parce que l'infidélité réside dans les gestes les plus infimes, dans ces quelques secondes pendant lesquelles nous baissons la garde et laissons tomber la comédie que la vie nous a appris à jouer. Cette distinction ne me dérangeait pas vraiment ; j'avais toujours l'impression d'avoir droit à la meilleure part du gâteau quand K me crachait dans le vagin plutôt que d'utiliser du lubrifiant, et la fraîcheur de ce filet de salive qu'il laissait couler de ses lèvres me faisait momentanément oublier à quel point je haïssais mon corps. Il m'était tout simplement impossible de concevoir qu'il faisait la même chose avec sa femme, mais c'est aussi que je m'en fichais, Dr Seligman. Vous trouverez peut-être cela difficile à croire, mais jamais je n'ai rêvé de prendre sa place. Jamais je n'ai eu envie de savoir quelle tête il avait le matin, notre relation avait toujours été dépourvue d'ambiguïté, et puis je n'avais jamais vraiment été l'objet de beaucoup d'affection pendant mon enfance, alors sa froideur ne me dérangeait pas. Mais pour K, tout cela devait avoir une autre signification. Parce que ce jour-là, alors que nous nous trouvions dans une chambre d'hôtel et qu'aucun panneau ne semblait nous avertir de la fin imminente de notre histoire, il m'a paru étrange de le caresser avec mes doigts propres, de lui passer la main dans les cheveux en guise de geste final. Rien d'autre, Dr Seligman, juste ma main dans ses cheveux, quand soudain j'ai senti tout son corps se raidir, comme un animal sauvage se demandant s'il faut ou non attaquer, comme s'il essayait de déterminer à quel point il était effrayé face à la probabilité qu'il soit toujours la même personne au moment de quitter cette chambre d'hôtel que lorsqu'il y était entré. Si ce serait le début ou la fin de sa liberté. Et je ne savais pas comment réagir ; inquiète à l'idée de faire le moindre geste brusque, je me suis figée, j'ai attendu, et avant que j'aie eu le temps de retirer ma main, K se recroquevillait sur le lit devant moi, vêtu d'un simple T-shirt, et soudain j'avais sous les yeux le petit garçon sanglotant dont je vous parlais tout à l'heure. L'enfant qui a perdu son chemin dans l'obscurité et qui ne sait pas comment s'en sortir, épuisé par les réactions de son propre corps face à la peur. Je ne me rappelle plus pendant combien de temps il a pleuré, mais quand j'ai fini par essayer de le prendre dans mes bras, j'ai compris que son besoin de réconfort était encore trop grand pour mes moyens, que mon corps était bien trop petit par rapport au sien et que je ne pouvais rien faire d'autre que le regarder s'enfoncer dans les couloirs de son passé, grouillant d'abominations que lui seul était capable de voir. En proie à la peur nous devenons tous des animaux, Dr Seligman, sans moyen d'accès au réconfort d'un langage commun ; nous nous retrouvons seuls et ne pouvons plus compter que sur notre instinct pour nous défendre. Et pourtant je crois que c'est grâce à ces larmes que K s'est senti lié à moi ; ce devait être un tel soulagement pour lui d'avoir enfin trouvé quelqu'un devant qui il pouvait pleurer, et après cet épisode nous avons commencé à nous retrouver de plus en plus souvent dans des chambres d'hôtel. Loin des couleurs de son studio, il était comme un enfant qui apprend tout seul à quitter la maison sans son jouet préféré.

Les corps – et je ne veux pas dire par là uniquement les corps humains, Dr Seligman – demeurent quelque chose de très étrange pour moi. Je crois que je n'ai tout simplement jamais eu l'œil pour les jauger. Je n'ai jamais su estimer la quantité de soupe que pouvait contenir un Tupperware, et j'ai toujours été incapable de dire combien mesurait telle ou telle personne ou quelle taille de pull leur irait. J'ai toujours perçu la taille des gens plutôt en fonction de leur personnalité, de l'espace dont ils ont besoin pour s'exprimer. Vous devez sans doute avoir un sens des proportions bien plus affûté, et vous devez percevoir les gens de manière très différente, mais moi, par exemple, je n'arrive jamais à envisager mon père comme un homme particulièrement corpulent. Dans mon imagination, son insignifiance est devenue indissociable de sa réalité physique, si bien qu'il m'apparaît comme un bonhomme minuscule qui doit se hisser sur la pointe des pieds pour atteindre les boutons de sa machine à laver. Un homme élevé par des hommes qui ne se sont pas mutuellement appris à grandir. Ou encore Jason – dans mon esprit ses pieds se balancent dans le vide lorsqu'il est assis sur son fauteuil, et c'est peut-être là que réside en partie le problème, dans le fait que je n'arrive jamais à percevoir les corps tels qu'ils sont en réalité. Le mien y compris, d'ailleurs, parce que je m'y suis toujours sentie tellement mal à l'aise, parce qu'il m'a toujours semblé si mal adapté au monde. J'ai toujours eu l'impression qu'il était énorme, comme une protubérance anormale qu'on se découvrirait du jour au lendemain sur la langue. Je me suis toujours trouvée affreusement mal proportionnée. Et puis aussi toutes ces règles idiotes qui s'appliquent au corps féminin, le fait que la poitrine dénudée d'une femme est nue alors que le poitrail dénudé d'un homme ne l'est pas, le fait que je devais porter un haut de bikini alors que les autres garçons pouvaient se balader torse nu, le fait que je devais accepter que toute une partie de mon corps avait quelque chose de sexuel, quelque chose qui devait demeurer caché. Tout ça rendait les choses tellement difficiles pour moi ; j'ai toujours eu l'impression que j'étais censée voir autre chose que ce que je voyais en réalité, comme s'il existait une chorégraphie secrète que tout le monde à part moi avait apprise. Et du coup j'avançais d'un pas hésitant, maladroit, m'efforçant de percer à jour cette cadence mystérieuse qui unissait les gens en leur conférant les mêmes désirs. Vous voyez, j'ai mauvaise conscience de vous raconter tout ça à propos de mon père alors que je ne vous ai même pas dit ce que je pensais de ma mère, que je ne pouvais jamais m'empêcher de penser à l'un de ces oiseaux au plumage grotesque dès que je l'apercevais, surtout quand j'étais assise derrière elle dans la voiture ; le mot *Wiedehopf* – c'est-à-dire la huppe, je crois – me venait systématiquement à l'esprit quand je regardais son édifice capillaire tressauter au sommet de sa tête, le long de ces petites routes de campagne. Mais dans son cas à elle, ça ne m'a jamais donné mauvaise conscience. Vous croyez que si on nous enseigne à témoigner autant de respect à nos pères c'est parce que nous ne pouvons jamais totalement avoir la certitude qu'ils sont bel et bien nos pères ? Je sais bien qu'il existe aujourd'hui des moyens scientifiques de s'en assurer, mais c'est le genre de chose dont l'esprit met des siècles à se débarrasser, comme les lapins qui peuvent mourir de terreur si vous les soulevez du sol parce qu'ils continuent d'avoir une peur bleue des aigles – même s'ils voient bien que vous n'en êtes pas un et que les aigles sont depuis longtemps en voie d'extinction. Mais il est vrai que jamais nous ne faisons autant preuve de passion que lorsque nous vénérons des choses qui n'existent pas, comme la race, ou l'argent, ou Dieu, ou, tout simplement, nos pères.

Dieu qui, bien entendu, était un homme lui aussi. Un père capable de tout voir, au regard de qui vous ne pouviez jamais vous soustraire, même en vous enfermant dans les toilettes, et qui était constamment en colère. Il devait avoir un pénis de la taille d'une cigarette. Le genre de type qui s'amuse à chasser le lion et à sauter sur les femmes à la piscine pour leur mettre la tête sous l'eau. Il est beaucoup plus facile d'être religieux quand on est un homme, évidemment, mais je n'ai jamais réussi à comprendre comment les femmes pouvaient aller à l'église, ou dans n'importe quel autre lieu de culte, Dr Seligman, parce que je n'ai encore jamais entendu parler d'une religion qui ait quelque chose de sympathique à dire sur les femmes. Je n'ai jamais réussi à comprendre que ma mère puisse croire en Jésus et qu'elle ait discrètement aménagé un petit autel secret avec toutes sortes de babioles religieuses clinquantes dans un coin de sa chambre. Qu'elle puisse vénérer un endroit où on n'enseigne que la honte et la peur, où on a inventé toutes ces conneries sur les saintes mères et les putains, où le vagin est un objet de terreur. Parce qu'au fond c'est bien de cela qu'il s'agit, non ? À part essayer de trouver un moyen de ne pas mourir, de continuer à vivre quelque part dans les nuages avec tous ces gens que vous n'avez jamais aimés au demeurant, ce n'est jamais qu'une façon d'essayer de perpétuer la différence entre les personnes qui ont une queue et celles qui n'en ont pas. Et on vous parle d'envie du pénis, mais regardez jusqu'à quelles extrémités vont les gens pour mutiler et détruire les vagins, pour expliquer aux femmes que le plaisir n'est pas pour elles, que se comporter de manière honorable a un sens bien particulier. Enfin c'est vrai, combien de femmes ont noirci des pages et des pages entières consacrées à la bite des hommes et à la façon dont ils sont censés s'habiller, réfléchir et rêver ? Au fait qu'elles-mêmes sont censées incarner je ne sais quelle figure maternelle baisable aux ongles bien propres et au sac à main bourré à craquer de mouchoirs en papier. Je n'ai jamais compris comment Dieu, qui ne pouvait pas accoucher, était censé être l'origine de toute vie – comment un homme pouvait être notre créateur. À moins, bien entendu, qu'il s'agisse de ce que nous appellerions *Arschgeburt* en allemand, quelque chose qu'on engendre par le trou du cul. Voilà ce qu'est peut-être ce monde, Dr Seligman : quelque chose qui a jailli du trou de balle d'un saint homme, le résidu de quelques étoiles brisées et d'un univers en implosion.

Puisque vous me posez la question, Dr Seligman. Il se trouve que K m'a raconté une autre anecdote à propos de son enfance. Il m'a dit qu'à l'époque il rêvait souvent de se pendre dans le jardin de ses parents. Il avait même choisi un arbre bien précis, et il avait toujours su qu'il devrait accomplir son geste dans la lumière déclinante d'une journée d'hiver, en aucun cas dans l'obscurité totale de la nuit, les bras et les épaules mouchetés de quelques doux flocons de neige – lumineux et étincelants sur la couleur sombre de son manteau, comme les diamants dans les cheveux de l'impératrice Sissi. Il ne m'a pas dit d'où lui était venue cette idée, et cela n'a aucune importance ; nos idées ne nous viennent pas toujours pour telle ou telle raison en particulier. Ce n'est pas toujours lié à je ne sais quel traumatisme, à ce que d'autres personnes nous ont fait, car il arrive parfois que nous soyons les agents de notre propre tristesse. Voilà ce qu'il m'a dit, et il ne pleurait pas cette fois ; nous n'étions pas dans une chambre d'hôtel, Dr Seligman, mais assis par terre, dans son studio, il avait pris un large pinceau et s'était mis à me peindre tout le corps en violet. Les poils de son torse assombris par la sueur. Il n'avait encore jamais fait cela auparavant, il n'a pas cessé de sourire tout du long, même pendant qu'il me parlait de cette image de son enfance. Je lui ai demandé pourquoi il n'avait jamais essayé de la peindre, de l'exprimer sur un support extérieur à lui-même, mais il a simplement émis une sorte de petit bruit bizarre au lieu d'un rire et il a continué à peindre sur ma peau, ses coups de pinceau tellement plus fermes et assurés que les miens, comme s'il avait une raison bien précise de me recouvrir de peinture violette. Cette image ne me fait pas peur, a-t-il fini par me dire, Dr Seligman. Et je ne peins que ce qui me fait peur, comme les chiens et les rats, les espaces confinés ou en altitude. Tout ce que tu vois là, sur toutes ces toiles qui t'entourent, ce sont mes peurs, mon petit Strudel – c'est comme ça qu'il m'appelait –, mais cette image du jardin de mes parents, cet arbre que je connais si bien, et toutes ces nuances diverses de vert, de gris et de marron, ainsi que mon petit corps suspendu sur le fond merveilleux de la dernière lueur du jour, et cette fine couche de neige peut-être qui recouvre la terre, l'ultime trace de chaleur qui émane de mon petit corps dans l'air froid de l'hiver – cette image-là ne me fait pas peur. Cette image-là, c'est ma seule source de réconfort, la seule chose en laquelle j'ai jamais cru, le seule liberté que je possède. C'est ce qui me permet de me lever le matin alors qu'une heure plus tôt je pensais encore que j'en serais incapable. Je n'arrive à trouver le sommeil le soir que parce que je sais que cette image sera toujours là. Qu'à cet arbre continuent de pousser des branches assez solides pour qu'on s'y ôte la vie.

C'est presque comme si les choses avaient soudain commencé à basculer, Dr Seligman, dès l'instant où j'ai compris ce qui se passait. Et peut-être que tout ceci devait arriver pour qu'enfin je comprenne qu'il fallait que je vienne vous voir, que le seul véritable réconfort que nous puissions trouver dans l'existence consiste à nous libérer de nos propres mensonges. Qu'il était de mon devoir de mettre un terme à cette mascarade. J'ai compris à cet instant que je ne serais plus jamais capable de rester aveugle au monde, que non seulement ma pensée avait quitté les sentiers battus mais que j'avais mis le feu à ces sentiers depuis bien longtemps et que j'avais refusé jusqu'ici de regarder le briquet que je tenais dans ma main. Je ne saurais pas vous décrire ce que vous ressentez, Dr Seligman, lorsque vous comprenez pour la première fois ce que cela signifie de regarder un homme sans être entravée par votre propre corps, lorsque vous apprenez à voir de vos propres yeux, lorsque vous prenez conscience que votre vagin n'est pas réel et que tout ce que vous pensiez savoir du désir n'est pas vrai. Je ne sais pas à quel point vous-même êtes capable de souplesse, Dr Seligman, et à quelles expériences vous avez pu vous livrer, mais pour ma part, je n'ai jamais réussi à faire demi-tour et à me conformer de nouveau à ces règles et à ces visions d'avant ; je n'ai plus jamais pu regarder K comme une femme l'aurait regardé. Et pourtant j'ai essayé, parce qu'avec lui les choses étaient différentes, parce qu'il s'autorisait parfois à être désiré de cette autre façon, et parce que je me plaisais à croire qu'il savait. Qu'il se prêtait à ces jeux pour satisfaire cette autre partie de moi, et que tant qu'il me permettrait de peindre sur sa peau avec ses merveilleuses couleurs je pourrais oublier entièrement mes propres mensonges. Qu'il y avait suffisamment de couleurs dans son studio pour me réconcilier avec ma vie de femme. Je crois sincèrement, Dr Seligman, que je ne suis pas intrinsèquement mauvaise, que si je le suis c'est seulement à cause des circonstances dans lesquelles je me trouve, parce qu'on ne peut pas transcender sa propre réalité physique par la seule volonté de l'esprit, qu'on ne peut pas baiser la foi elle-même, peu importe l'acharnement qu'on met à s'y employer. Voilà pourquoi toute religion est vouée à vous trahir au bout du compte, parce que lorsque vous vous réveillez au milieu de la nuit et que le seul homme que vous avez jamais cru pouvoir aimer est endormi à côté de vous, vos deux corps imprégnés de tout ce que vous aviez à vous donner l'un à l'autre, conformément au spectacle que les amants sont censés offrir, et que pourtant tout dans cette scène sonne faux, vous donne l'impression de mentir et de tricher, telle une sirène coulant le vaisseau de son bien-aimé – alors vous avez soudain la certitude qu'aucun disciple n'a jamais compris ce qu'être amoureux signifie.

Croyez-vous à l'enfer, Dr Seligman ? Ou les Juifs ne vont-ils jamais qu'au paradis ? Je ne crois ni à l'un ni à l'autre, mais il m'arrive encore d'en avoir peur, parfois, et je ne sais pas qui a inventé l'idée de souffrance éternelle mais en tout cas il devait avoir l'esprit sacrément tordu. Quelqu'un qui avait l'âme en désordre et trop de rats dans sa chambre ; pourquoi, sinon, aller partout raconter aux gens que les souffrances qu'ils ont dû endurer de leur vivant n'étaient pas suffisantes ? Leur ôter cette dernière consolation ? Et je fais parfois la nuit des cauchemars dans lesquels je n'arrête pas de saigner, c'est très douloureux, une veine dans le pli de mon coude a été tranchée et le sang ne cesse de couler, mais je ne meurs pas, et il n'y a aucun moyen de mettre fin à l'hémorragie ou à la douleur, et comme je suis épuisée en permanence je ne me réveille jamais. Je dois parfois attendre longtemps, le matin, avant que ces spectres s'en aillent. Mais vous, vous imaginer au paradis est une idée qui me plaît vraiment beaucoup ; vous méritez sans aucun doute d'être assis sur un nuage duveteux en récompense du miracle que vous accomplissez, de l'occasion que vous m'offrez de descendre enfin de mon arbre. C'est curieux, vous ne trouvez pas, cette peur que nous avons parfois de quelque chose en quoi nous ne croyons pas ? C'est ce que je ressentais autrefois à propos de l'amour, l'idée d'être attachée à quelqu'un de cette façon me terrifiait. J'ai toujours été comme une créature sauvage qui essaie de prendre de vitesse le lasso qui tournoie au-dessus de sa tête, terrorisée par le confort possible de la captivité. Je voulais que personne ne sache ce qui se passait à l'intérieur de mon pantalon, et c'est aussi pour ça que j'ai été contrainte de menacer mon collègue avec cette agrafeuse, pour que tout le monde comprenne bien que je n'étais pas prête à rentrer dans ma cage, que je piétinerais toutes les fleurs et les mignardises qu'il oserait me présenter en offrande. Ce moment d'excès après l'une de ces petites réunions entre collègues pour boire un verre ne signifie pas que les choses aient changé, que je puisse prétendre à quoi que ce soit ou que la tendresse ait été autorisée à réinvestir le champ à ciel ouvert de notre vie quotidienne. Mais un homme qui se voit rejeter, bien sûr, est comme un sanglier en rut, et rien n'est plus éloigné de son esprit que la justice, il n'épargnerait même pas les arbres. Je ne me suis saisie de cette agrafeuse qu'au moment où il s'est mis à parler d'amour – l'arme la plus dangereuse d'un homme – et où j'ai eu tout à coup une vision de papier peint, de chambres inondées de lumière et d'enfants, et j'étais si choquée qu'il ait l'audace de ne voir en moi qu'une femme que je lui ai dit que j'allais le cribler d'agrafes jusqu'à ce que mort s'ensuive. En règle générale je ne suis pas aussi violente, Dr Seligman, et je suis sûre que vous savez à quel point ce serait difficile de faire une chose pareille. Ça prendrait très longtemps, or je ne me décrirais pas exactement comme quelqu'un de particulièrement zélé. Ma patience atteint assez vite ses limites.

Mes jambes commencent à fatiguer ; ça fait si longtemps que je ne les ai pas écartées comme ça pour qui que ce soit, Dr Seligman, mais cette nouvelle amitié entre nous me paraît remarquable à tant d'égards – jamais je n'aurais imaginé pouvoir parler comme ça à quelqu'un de mon entourage. K et moi étions entièrement d'accord là-dessus, les seules vraies conversations qu'on peut avoir dans la vie sont celles qu'on a la nuit avec des inconnus. Durant le jour, il n'y a aucun anonymat, et si vous vous mettez à adresser la parole aux gens comme ça, au hasard, vous êtes un taré, probablement l'un de ces imbéciles heureux qui n'ont que la Bible à la bouche, mais le moment finit toujours par venir, la nuit, où l'on est à l'abri des disciples de Jésus, bordés bien au chaud dans leur lit, et où les différences n'ont plus aucune importance. Pour moi ça a toujours été ça, la véritable intimité ; ces gens-là étaient les seuls avec qui je pouvais partager des choses. Les gens que je rencontrais à l'arrêt de bus le soir, les gens assis seuls sur un banc, ou les femmes tristes qui vendaient des bonbons et des produits cosmétiques devant les toilettes des bars et des boîtes de nuit. Ce sont les seules personnes réelles que j'ai jamais rencontrées dans cette ville, où tout le monde est camouflé sous des couches impénétrables de peur et d'ambition, où toutes nos tentatives pour communiquer échouent et nous renvoient à notre solitude. Peuplée de gens qui paraissent si vides qu'ils ont dû aspirer tout l'air qu'il restait, nous rongeant les poumons avec leur existence insignifiante. Mais avec les inconnus c'est différent ; on peut être triste devant eux. Est-ce que ça vous fait ça à vous aussi, Dr Seligman ? Moi je ne peux jamais être triste en face de gens que je connais ; il y a un mécanisme qui me permet toujours de fonctionner, et il faut me croire quand je dis que mon comportement est dicté en général par une tristesse et un désespoir profonds. Si nous attendions la douce obscurité du petit jour, quelque part entre trois et quatre heures du matin, vous le verriez commencer à briller, Dr Seligman – le visage enfoui sous toutes les plaisanteries. Et K a toujours aimé l'idée qu'il y ait quelques inconnus dans cette ville qui étaient au courant de tout, qui savaient pourquoi il pleurait parfois comme un enfant et de quel tiroir de son existence cet alphabet de la peur était issu. Que sans révéler son visage et son nom, chacun d'entre nous porte en soi les secrets des autres et veille sur eux dans la nuit comme si c'étaient des trésors, des objets précieux qui nous lient les uns aux autres, qui nous permettent de nous reconnaître en tant qu'êtres humains, pendant ces quelques instants éphémères devenus si rares. Et tandis que nous rentrons chez nous au terme de ces promenades nocturnes, Dr Seligman, ces secrets brillent au creux de nos mains, petites créatures fragiles dont nous prendrons soin pour les faire renaître à la vie. J'aurais tant voulu que K et moi restions des inconnus l'un pour l'autre ; j'aurais voulu pouvoir m'approprier l'un de ses secrets et le sentir briller près de moi dans le noir.

Mais je ne sais plus si je vous ai déjà parlé de l'Enfant Jésus mécanique. J'ai la terrible habitude de me répéter ; c'est l'une des manies de ma mère à laquelle je n'arrive pas à me soustraire. Je ne vous en ai pas encore parlé ? Bon, alors, il y a une église près de laquelle mes grands-parents vivaient autrefois, et dans cette église il y a une machine, comme un distributeur ou une machine à sous, mais tout en verre, ce qui fait qu'on pouvait voir exactement comment se déroulait la transaction. Si vous glissiez dix pfennigs dans la fente, un Enfant Jésus en sortait, décrivait un cercle puis vous offrait sa bénédiction. Je ne me rappelle plus si l'Enfant Jésus agitait la main pendant qu'il faisait son petit tour, mais je me souviens qu'il était monté sur des rails et que je me disais à chaque fois qu'il devait être épuisé à la fin de sa tournée. Tout ce temps passé à absoudre tous ces nazis, jeunes et moins jeunes, et pour gagner encore moins que la plus misérable putain de bas étage. Et il fallait sans doute lui injecter un peu d'huile de coude de temps en temps ou appeler un mécanicien quand il se bloquait ou que l'un de ses membres se retrouvait coincé dans une position indécente. Quand son auréole se détachait. Vous savez ce qu'on dit, Dr Seligman, que personne ne fait volontairement le mal, que nous sommes conditionnés par les circonstances dans lesquelles nous nous trouvons et par notre défaut de jugement, notre *Unverstand*, alors peut-être devrions-nous pardonner à l'Enfant Jésus d'avoir béni tous ces gens, de ne pas s'être immolé par le feu ou débarrassé de ses roues en signe de protestation chaque fois qu'ils lui chatouillaient la fente. D'avoir rendu les choses si simples, un petit tour et tous vos péchés s'envolent. Connaissant l'Église catholique, vous n'aviez sans doute même pas besoin de vous présenter en personne, vous pouviez simplement envoyer quelqu'un à votre place. Ça n'avait sans doute pas beaucoup d'importance, du moment que l'Enfant Jésus continuait à toupiller. L'absolution a toujours été une affaire de classe sociale, et du coup je me demandais souvent, en rentrant à la maison avec ma mère et mes grands-parents, ce que pouvait bien ressentir Jésus la nuit, tout seul dans le noir de l'église, s'il regrettait tout cet amour au rabais et ce pardon universel, s'il essayait parfois d'atteindre les bougies allumées pour les morts afin de provoquer un carnage. Quand j'y repense aujourd'hui, je ne vois pas pourquoi il aurait dû se sentir concerné ; pour autant qu'on sache, il était très content de sa petite bite ; et il n'avait sans doute pas de loyer à payer. Que demander de plus ? Mais à l'époque je n'étais pas autorisée à plaisanter à son sujet ; ma mère avait une affection toute particulière pour cette petite machine et s'assurait toujours d'avoir sur elle les pièces de monnaie qu'il fallait quand nous y allions. Et j'ai appris à respecter cette dévotion avec le même instinct qui nous empêche de nous moquer d'un animal sans défense, longtemps avant que ma grand-mère mentionne en passant que l'enfant enfermé dans cette boîte de verre rappelait à ma mère cet autre enfant qu'ils avaient eu avant moi, celui qui était mort-né, celui pour lequel ils avaient acheté du papier peint bleu et qui était enterré quelque part non loin de chez nous. Ma grand-mère avait atteint l'âge où les explications deviennent superflues, et quant à moi j'étais trop jeune pour poser des questions, si bien que nous avions continué de descendre la colline sans rien dire. Le soleil n'était pas encore tout à fait prêt à mettre un terme à la journée.

Avant, je pensais que ça n'avait aucune importance de savoir qui étaient les membres de votre famille, qu'on pouvait punaiser n'importe quelles photos au mur et que ça suffisait. Personne ne pourrait deviner que vous aviez acheté cette parentèle sur un marché aux puces, qu'elle était vendue avec le cadre et que vous aviez tout simplement eu la flemme d'enlever ces photos. Et quand ma grand-mère m'a parlé de mon frère mort, Dr Seligman, ça ne m'a rien fait. Ou plutôt, pour être tout à fait honnête, tandis que nous poursuivions notre chemin sur la colline, j'étais contente que tout ce qui était resté de lui demeure soigneusement caché à l'intérieur d'un Enfant Jésus mécanique, dans une église catholique du diable vauvert, dirigée par ces obscurs moines polonais qu'il avait fallu embaucher à un moment ou un autre. J'étais contente d'être enfant unique, et en grandissant j'ai commencé à nourrir une jalousie dévorante à l'égard de ce frère que j'avais baptisé Emil. Encore un exemple de notre capacité à détester quelque chose qui n'existe pas. Je n'arrêtais pas de penser à ce qu'aurait été ma vie si Emil avait été là, s'il avait été assis à table avec nous, à quoi il aurait ressemblé. Comme il aurait été beau. Car même si j'étais bien contente que le petit Emil soit loin de nous, enfermé dans cette boîte de verre, livré aux bons soins de ces moines étranges, jamais je n'ai pensé qu'il puisse être laid. Je me le suis toujours représenté sous les traits d'un de ces garçons élancés et élégants, les yeux très bleus et la peau dorée au moindre rayon de soleil. Un visage d'une beauté qui allait bien au-delà de ces histoires de différences entre garçons et filles, un visage qui aurait suscité l'admiration de tous dans la Grèce antique. Et pendant longtemps je me suis fait l'effet de n'être qu'un rebut, le placenta de cet enfant, comme un pitoyable petit tas de cellules assemblées à la hâte pour ressembler vaguement à une personne. J'avais l'impression d'être un résidu des expériences du Dr Frankenstein. Et je dois avouer que j'ai passé de longues heures à le haïr, que jamais je n'ai porté son deuil, et que je me suis encore moins souciée de ce que pouvait éprouver ma mère, ou mon père, si tant est qu'ils aient jamais éprouvé quoi que ce soit. J'ai même arrêté d'aller le voir ; je l'ai abandonné à son sort, à prendre la poussière dans sa boîte de verre, à attendre que les premières taches de rouille s'attaquent à ses roues, que la première fêlure fasse vaciller ses fondations transparentes. Mais bon, vous connaissez ce phénomène, Dr Seligman, qui fait qu'il est impossible de marcher droit quand on a les yeux bandés, même en y mettant toute sa concentration, rien à faire, on finit inévitablement par tourner en rond et revenir presque à tous les coups à son point de départ. Quand je n'envisage pas ma vie comme un ballon de basket qui rebondit sur le bord du panier pour venir me percuter en plein visage, je la vois comme l'une de ces lignes parcourues à l'aveugle, comme quelqu'un qui a toujours essayé de marcher droit – parce que je ne voyais rien et que personne ne se donnait la peine de me dire que c'était impossible. Que tant que je refusais de voir, j'étais vouée à retomber sur moi-même, sur mes propres problèmes inextricables, sur la catastrophe de ma propre petite existence pitoyable. Cela m'apparaît avec une telle évidence à présent, maintenant que je me trouve allongée ici – si j'ai passé toutes ces années à haïr un bébé mort enfermé dans une boîte de verre, ce n'est pas parce que je ne voulais pas partager ma pitance ou le peu d'affection que me prodiguaient mes parents, la façon bizarre qu'avait mon père d'essayer de créer un lien entre nous en réparant des choses qui n'étaient pas cassées et le désir qu'avait ma mère de voir sa propre vie prendre forme sur mon visage, cette façon qu'elle avait d'interférer en permanence avec mon corps, de continuer à mettre ses doigts dans mes cheveux pour me recoiffer longtemps après que j'avais passé l'âge. Je les sens encore sur mon crâne. J'aurais volontiers partagé le malaise de ces vacances en famille dans des villages-clubs, la déception que leur inspirait mon manque de popularité et les nombreuses fois où ils ont essayé de me faire prendre goût à des activités physiques. Je suis sûre que vous êtes trop vieux pour que votre mère vous ait traîné à des cours d'auto-défense, Dr Seligman, c'est sans doute l'une des raisons qui expliquent que vous soyez resté si digne. Mais croyez-moi, mon combat était bien réel, et j'étais vraiment obnubilée, dévorée par un désir désespéré de haïr mon frère mort, Emil, non pas parce que je ne pouvais rien partager avec lui mais parce que je me haïssais moi-même et que je crevais d'envie d'être lui. Non pas d'être *comme* lui mais d'*être* lui. Et pas parce que je pensais que mes parents l'auraient mieux traité mais parce que c'était un garçon, le garçon que j'ai toujours voulu être, et j'étais terriblement jalouse qu'il ait eu la chance de naître avec cet appendice, que ça puisse être aussi facile, alors que moi je suis obligée de vivre cette existence misérable au lieu de la sienne. Et c'est pour ça que j'ai décidé de prendre son nom, Dr Seligman, pour le délivrer de sa boîte et lui offrir l'opportunité de vivre un peu de la vie qu'il n'a jamais pu avoir. Quand bien même je ne serais jamais aussi beau que lui, quand bien même je n'évoluerais jamais avec la grâce des êtres en suspens, je crois que c'est la bonne décision. Et une fois que nous en aurons terminé ici, j'irai dans cette église et je le ramènerai chez moi. J'espère sincèrement qu'il ne s'est pas transformé en artefact religieux depuis le temps, que je pourrai le libérer de sa boîte et de ses roues pour l'installer dans l'un des rares coins ensoleillés de ma chambre, près de mes fleurs et de mes livres, à un endroit où il ne sera plus jamais obligé de donner sa bénédiction à qui que ce soit ou de servir de substitut aux rêves brisés des gens. J'espère de tout cœur qu'il me pardonnera alors d'avoir mis tant de temps, de ne pas avoir compris que cette autre face de moi-même pouvait être mon frère, qu'il faut avoir plusieurs esprits pour être beau.

Et donc, n'allez surtout pas croire que vous êtes un meurtrier, Dr Seligman, parce qu'en réalité vous n'êtes pas en train de me tuer, ni moi ni mon vagin ; vous faites simplement un peu de place pour qu'Emil puisse s'installer. Ainsi nous partagerons cet héritage que ma mère a empêché mon père d'accepter après la mort de mon grand-père, l'année dernière, le libérant du fardeau d'être le fils préféré. L'héritage que mon père m'a alors transmis sous la forme d'un tas de paperasse illisible sans le lui dire, la propriété jusqu'ici intacte de mon arrière-grand-père, faisant de moi sa fille jusqu'à la fin des temps. La descendante préférée d'un mort. Les secrets étant plus épais que le sang, j'ai besoin d'un frère pour traverser cette épreuve. Et ainsi donc nous prendrons son nom, parce que j'ai toujours détesté le mien et parce que je pense qu'Emil l'a bien mérité après toutes ces années de prières et de nazis et de vieilles peaux mal baisées. J'espère qu'il n'a pas été obligé d'assister à trop de spectacles obscènes quand les moines étaient seuls. Mais je me demande s'il vous arrive d'avoir l'impression d'être comme le Dr Frankenstein, Dr Seligman ; est-ce que vous avez le sentiment de créer des monstres ? Je sais que c'est ce que beaucoup de personnes pensent des gens comme moi, et j'imagine qu'ils ont raison en un sens, dans la mesure où nous les observons d'un point de vue extérieur, que nous voyons clair dans leurs actes et que nous sommes au courant de tous leurs petits mensonges. D'ailleurs je crois que c'est ça qui nous rend si laids à leurs yeux ; la connaissance rend les gens laids, ce qui explique sans doute que nous trouvions les gens idiots plus faciles à baiser, ou plus baisables – préservés de l'évidence et, un peu à l'instar des animaux, beaucoup plus à l'écoute de leur corps. Officiellement c'est bien sûr considéré comme quelque chose de mal, en tout cas c'est ce que j'ai fini par comprendre à force d'entendre ma mère pousser des hauts cris chaque fois que je m'asseyais les jambes écartées – mon incapacité à m'asseoir correctement parce que je n'ai jamais compris pourquoi il y avait deux façons de s'asseoir selon qu'on avait une bite ou pas. Et je m'emmêlais tout le temps les pinceaux, parce que la logique de la chose m'échappait complètement dans la mesure où une fille a de fait moins à cacher qu'un homme, mais ça c'était avant que je comprenne qu'une bite est une sorte d'épée, un objet de fierté et de comparaison, tandis qu'un vagin est quelque chose de faible, quelque chose qui n'engage pas à la confiance. Quelque chose qui sera toujours un objet de baise, qui peut être violé et inséminé, qui peut couvrir de honte un foyer et une famille. Quelque chose qui a besoin d'être protégé sans que personne ne remette jamais en cause ce besoin de protection, ne se demande comment il se fait que les rues ne soient pas sûres la nuit et que les filles aux cheveux courts ressemblent à des garçons et pas l'inverse. J'ai toujours trouvé tout ça terriblement déconcertant et je me suis souvent dit que c'était plutôt les bites qu'il faudrait cacher, que c'était l'arme plutôt que la plaie qu'il faudrait interdire. Enfin bref, je pense que notre corps sait certaines choses bien avant notre esprit, Dr Seligman ; les mots y sont gravés longtemps avant que notre langue parvienne à les trouver et que nos dents réussissent à les déchiqueter dans le trou qui sépare nos gencives. Et dans certains cas, les mots peuvent mettre des années à emboîter le pas à notre corps, à dire ce qui a déjà été dit. K savait tout cela ; il avait peint suffisamment de corps pour être capable de les déchiffrer, pour comprendre mes mouvements, le fait que j'avais toujours du mal à marcher dans des chaussures étroites ou à me montrer amicale comme les filles sont censées l'être, et même si mon corps était parfois un secret et mettait un peu plus longtemps à se dévoiler, il était inévitable que K finisse par voir que cette licorne ne se résumait pas à sa crinière. Il a dû comprendre ce que ça signifiait quand j'ai arrêté de me raser à cet endroit, quand j'ai laissé mon vagin s'enfouir sous ces poils sombres que les femmes ne sont pas censées avoir et que seule la zone autour de mon autre trou est restée bien dégagée. Il a dû comprendre ce que mon corps essayait de dire quand des poils se sont soudain mis à pousser autour de mes tétons et que mes mains ont commencé à l'empoigner avec cette fermeté inhabituelle, quand j'ai commencé à le gifler tout à coup dans nos ultimes moments d'abandon ; il a forcément dû comprendre, vous ne croyez pas, Dr Seligman ? Que ce n'était pas mon cœur qui nous lâchait.

Il disait toujours que les couleurs avaient surgi après la noyade, Dr Seligman. Les couleurs que peignait K étaient celles qu'il voyait quand il fermait les yeux la nuit, des cercles et des lignes brillant et palpitant dans le noir, à la fois présentes et absentes, toujours hors de portée et trop parfaites pour être le produit de son imagination. Les couleurs étaient apparues un jour après qu'il avait failli se noyer dans la piscine de sa tante quand il était tout petit, après qu'il lui eut semblé que le bleu, le genre de bleu que nous associons tous à une vie meilleure, la couleur des vacances que nous n'avons jamais eues, de la fraîcheur dont nous rêvons dans les moments les plus étouffants, serait la dernière chose qu'il verrait jamais. Par la suite il en était venu à penser que c'était à ce moment-là qu'il était devenu peintre, le moment où son cousin avait essayé de le noyer en lui montrant à quoi ressemblait la vie sous l'eau, où K avait appris que rien ne nous lie les uns aux autres comme la violence, et que rien n'est plus violent que le corps d'un enfant de cinq ans. C'est comme la première fois où vous apprenez la différence entre se faire frapper du plat de la main et à coups de poing ; vous ne l'oublierez jamais. Et nous connaissons tous la couleur d'une piscine, ses odeurs et le goût de l'eau, si bien que là encore il y avait quelque chose de tout à fait public dans le traumatisme de K, dans la façon qu'avait choisie la vie de le modeler et l'usage qu'il en avait fait. Dans ces moments-là, il me faisait souvent penser à ces plantes bizarres que les gens laissent dans la forêt afin de ne pas avoir à payer quelqu'un pour débarrasser les détritus de leur jardin, ces plantes qui n'ont à l'évidence rien à faire là et qui s'entêtent à pousser en dépit de leur environnement hostile. Qui ne disparaissent pas du simple fait qu'elles ne sont pas à leur place. K était exactement comme ça : il se fichait éperdument que les gens ne l'aiment pas, qu'ils le trouvent arrogant et qu'ils sachent qu'il trompait probablement sa femme, un artiste ridicule qui avait trop de prétentions et pas assez de talent, un enfant gâté, un mauvais père, et un hypocrite. Il s'en fichait, Dr Seligman ; il continuait de pousser, tout simplement, refusant de se laisser piétiner par ces bêtes ordinaires et leurs couleurs ordinaires. K décidait toujours seul du regard qu'il portait sur lui-même, et j'aimais cela chez lui. Un bourdon qui ne savait pas que, selon les lois de la mécanique, il était incapable de voler.

Vous aimez les chambres d'hôtel, Dr Seligman ? J'ai toujours admiré ces surfaces brillantes, et je crois que si j'avais dû écrire un livre un jour, ça aurait parlé des chambres d'hôtel. J'adore l'idée d'un espace où votre vie réelle n'a plus aucune importance et où le temps cesse d'exister. C'est comme les aéroports, sauf que vous pouvez vous déshabiller et que vous n'êtes pas obligé de faire comme si vous preniez l'avion tous les quatre matins ou que votre métier vous permettait de voyager partout dans le monde. Les chambres d'hôtel sont beaucoup plus anonymes à cet égard, leurs draps sont en général d'une telle propreté qu'on peut en éprouver un léger sentiment d'euphorie, et même si les couleurs de son studio me manquaient, j'aimais énormément retrouver K dans ces espaces vides. C'était beaucoup plus semblable à une rencontre entre deux inconnus, et je pense que tout le monde devrait en profiter de temps en temps. Est-ce qu'il vous arrive d'emmener votre femme ou vos sept nazis dans une chambre d'hôtel, Dr Seligman ? À moins que vous ne les emmeniez tous en même temps ? Je crois que vous devriez ; ce confinement dans l'inconnu a quelque chose d'excitant, dans un sens positif, et ça m'a toujours donné une petite idée de la nature des relations sexuelles que les gens devaient avoir dans les bunkers pendant la guerre. C'est peut-être exactement ça que nous étions au fond, K et moi, deux personnes qui baisaient pour essayer d'échapper à l'apocalypse que chacune portait en elle, à la terreur que notre corps ne pouvait pas affronter tout seul. Il m'arrive parfois de me dire que c'est pour cette raison que les gens désirent secrètement la guerre – pas seulement pour pouvoir torturer ensuite leurs descendants en leur racontant les corps mutilés et le régime à base d'épluchures de patates, mais surtout pour avoir de nouveau de vraies relations sexuelles au lieu des pratiques timides et policées qui sont tout ce que la paix et la liberté ont à proposer. Et même si nous prenions soin de choisir chaque fois un hôtel différent, Dr Seligman, nous n'avons pas réussi à rester des inconnus l'un pour l'autre. Maintenant que j'y pense, je suis sûre que K m'a bel et bien dit d'où il venait, mais j'ai oublié, ou voulu oublier, afin de le prémunir contre l'inévitable. Mais l'inévitable s'est produit, et comme K ne pouvait pas dormir sans la lumière allumée, je ne peux pas faire comme si je n'avais rien vu ni entendu, comme s'il n'avait pas prononcé ces mots qu'il ne faudrait jamais dire à quelqu'un comme moi, à un chat qui aboie. C'est comme demander à quelqu'un de ne pas mourir, comme s'exprimer en utilisant l'une de ces tournures grammaticales impossibles. Mais il l'a quand même dit, Dr Seligman ; après avoir ouvert ses beaux yeux verts au milieu de la nuit, il a dit : RESTE AVEC MOI POUR TOUJOURS. Et avant que j'aie eu le temps de répondre quoi que ce soit, il s'était rendormi, de ce sommeil de plomb que rien ne peut perturber. Un sommeil d'enfant. Et ce n'est pas que K n'était pas un homme bon – ce n'était pas le genre d'homme qu'on imaginerait en train de fourrer son doigt dans le cul d'un poulet mort ou qui insisterait avec agressivité pour regarder le générique de fin d'un film. Le genre d'homme que l'odeur de sa propre merde emplit de fierté. C'était le genre d'homme que ma mère aurait volontiers accueilli sous la douche, et que pourrait-on demander de plus ? Nous voulons tous baiser partout où nos parents se sont trouvés un jour, et je me fichais complètement qu'il soit marié, qu'il ait des enfants et tout le reste. Ces considérations n'avaient pas la moindre importance à mes yeux, et j'espère qu'il avait compris que je n'étais pas rentrée dans le rang du jour au lendemain, qu'Emil serait resté à ses côtés jusqu'à la fin des temps, mais que la personne qu'il désirait avait cessé depuis longtemps d'exister. Qu'il avait été avec un fantôme, et tel un fantôme j'ai disparu de cette chambre pendant qu'il dormait encore – ce qui donne vraiment l'impression de tuer quelqu'un qui a les yeux fermés. Quand j'y repense aujourd'hui, j'ai toujours la sensation que j'avais son sang sur les mains quand j'ai refermé cette porte – pas ses couleurs, pas le violet qu'il avait choisi pour moi, mais que mes doigts étaient trempés et poissés de son sang. Comme quelqu'un qui viendrait d'empoisonner son chien et qui serait obligé de sortir de la pièce parce qu'il ne supportait plus de croiser ce regard. J'avais l'impression d'être le cauchemar de quelqu'un d'autre, Dr Seligman, et je ne sais jamais pendant combien de temps il faut garder les yeux fixés sur une blessure avant qu'elle cesse de saigner. Pourtant, tandis que je m'éloignais dans ce couloir au petit matin, quelque chose avait changé, alors quand j'ai atteint le hall d'entrée je n'ai pas pu m'empêcher de sourire au premier visage que j'ai croisé. C'est à ce moment-là que j'ai compris pour de bon qu'elle était restée là-bas avec K et qu'Emil était parti avec moi. Que nous étions enfin hors de danger.

Un jour, quand j'étais plus jeune, à l'époque où je vivais encore en Allemagne, Dr Seligman, j'ai vu un documentaire sur une jeune femme qui était allergique à tout. Elle passait sa vie cloîtrée dans une maison dont les pièces étaient éclairées d'une lumière vive mais dépourvues de fenêtres, parce qu'elle était même allergique au soleil. Sa peau devenait cramoisie et se couvrait de cloques si jamais elle était touchée par le moindre rayon, et donc elle vivait comme une reine des neiges, emmitouflée dans des ténèbres éternelles, invisible aux regards humains. Mais comme ce n'était pas, pour de vrai, une créature de conte de fées, et que même le Dr Jivago devait bien manger quelque chose dans sa maison de glace, voire se rendre aux toilettes de temps en temps, sa vie était un calvaire. Car même si on lui avait trouvé des vêtements entièrement blancs pour protéger sa peau, elle ne pouvait rien manger qui ne lui procure un malaise, rien qui ne la fasse vomir, étouffer et gonfler de partout. Et tel un animal domestique dont les besoins pour survivre sont devenus intolérables, ses parents songeaient parfois à abréger ses souffrances – ou les leurs, selon le point de vue –, jusqu'au jour où l'un de leurs voisins se présenta à leur porte avec un écureuil mort. Un écureuil roux, de ceux qu'on aime bien, pas les gris qui valent à peine mieux à nos yeux que les rats parce qu'ils viennent piquer les graines des oiseaux dans leurs mangeoires et qu'ils arrachent les bulbes des fleurs. Le voisin n'était pas jeune, ce n'était pas un prétendant possible pour la demoiselle solitaire, et ils convinrent donc qu'il devait avoir agi par pure bonté d'âme. Ils dépiautèrent la minuscule créature, jetèrent sa queue en panache et firent bouillir le peu de viande qu'ils avaient pu en tirer. Ils lui dirent de quoi il s'agissait, et cela ne la dérangea pas ; elle mangea, et il ne se passa rien. Son corps demeura aussi placide que lorsque vous et moi mangeons l'un de ces grains de raisin que la providence nous a offerts. C'était pour ainsi dire un miracle, et contrairement à certains des premiers colons américains qui étaient morts à force de ne manger que du lapin, longtemps avant que nous trouvions le salut grâce à nos cinq fruits et légumes par jour, elle vécut très heureuse en se nourrissant exclusivement d'écureuils. Le voisin allait à la chasse pour lui en rapporter tous les jours, mais comme son système immunitaire était excessivement fragile et que les gens de l'extérieur et leurs microbes représentaient toutes sortes de risques, il ne la voyait jamais, ne franchissait jamais le seuil de sa maison, où ses parents venaient récupérer les précieuses dépouilles. Pourtant il continua, et chaque fois qu'elle mangeait un jeune et tendre écureuil, sa langue était à la fête et son cœur débordait de gratitude.

Je me plais à imaginer qu'au bout d'un moment elle demanda qu'on garde les queues, qu'elle tapissa sa chambre de duvet roux d'écureuil et que, dans la mesure où c'était la seule chose que son mystérieux chasseur et elle avaient tous les deux touchée et que rien n'est aussi sexy qu'un inconnu, elle se mit à jouer avec ces queues. Chacune était comme une nouvelle rencontre, le mur de sa chambre un planisphère de ses orgasmes, timides et délicat au début, puis de plus en plus bruyants et voraces, et elle commença à jouer avec plusieurs queues en même temps et ça la démangeait tellement qu'elle baisait le mur tout entier. Mais ça, bien sûr, c'est simplement mon esprit qui divague, Dr Seligman, je suis certaine que rien de tout cela n'est arrivé en réalité et qu'on se débarrassait des queues d'écureuil de la manière la plus respectable qui soit, et que l'amour du chasseur, au bout du compte, en la maintenant en vie, n'eut d'autre effet que d'accroître ses souffrances. Alors que l'autre amour – celui de ses parents – l'aurait sans doute tuée avant qu'elle ait eu l'occasion de voir sa première ride apparaître à son front. C'est probablement pour cette raison que j'aime penser à cette histoire – pas tant à cause de la masturbation avec les queues d'écureuil que pour ce qu'elle révèle de l'amour, à savoir qu'en réalité c'est une entreprise purement égoïste, que laisser quelqu'un tomber amoureux de vous est à la fois irresponsable et inévitable. Car même si vous vous enterrez vivante dans une pièce sans fenêtres et que vous vous proclamez allergique au monde entier, il y aura toujours quelqu'un pour trouver le moyen de glisser son cœur sous votre semelle. Il m'a fallu si longtemps pour le comprendre, et puis d'abord, comment étais-je censée savoir que les hommes aussi peuvent avoir le cœur brisé et en mourir ? J'avais toujours pensé que c'était réservé aux filles.

Vous pensez qu'il neige sur la mer, Dr Seligman ? Dehors il fait presque nuit à présent, et souvent, le soir, quand je suis allongée dans mon lit et que je n'arrive pas à trouver le sommeil, je pense à cette image. Vous ne trouvez pas que c'est l'illustration parfaite de l'innocence ? Ces merveilleux flocons blancs qui tombent du ciel nocturne, sans faire de bruit, qui tombent du firmament tapissé de bleu paradisiaque et céleste, dansant dans le vent au-dessus des vagues, se frôlant avec cette légèreté divine que seules les ailes d'un ange sauraient imiter, juste avant d'être engloutis par ce sombre océan de détritus et de déchets toxiques, un déluge de créatures agonisantes. Vouées à disparaître à tout jamais, ne demeurant qu'une fraction de seconde avant de se mêler à cette énorme masse de ténèbres accumulées qui ne fait aucune différence entre ses composants, ses habitants. Où tout le monde et toute chose doit ingurgiter la même quantité d'immondices et de miasmes, jour après jour. Pourtant on dit qu'ils sont différents, n'est-ce pas, Dr Seligman – que chaque flocon de neige possède ses propres cristaux uniques, et en cela ils nous ressemblent beaucoup. Certains ont la chance de naître au sommet de ces belles montagnes, regroupés en nombre assez large pour ensevelir des cordées entières d'ignobles touristes allemands avec leur ignoble équipement d'alpinisme. D'autres atterrissent dans le jardin devant la maison des gens, où on les assemble et les sculpte pour en faire des bonhommes de neige décorés d'une petite carotte orange en guise de bite, tandis que d'autres encore, comme moi, échouent dans cette mer obscure, dépourvus de toute raison d'être sinon celle de prolonger et rendre plus pénible encore notre existence misérable, et seuls quelques rares élus atterrissent dans ces régions qui les récompenseront en leur octroyant l'éternité. Ces flocons singuliers qui seront encore là longtemps après que vous et moi serons morts, Dr Seligman. Je suis sûre que c'est la Reine des neiges en personne qui les a ciselés à la perfection, qu'il y a une raison intrinsèque à leur éclat immortel, que ça ne peut pas être un simple effet du hasard.

Bref, je ne me suis jamais souciée de l'innocence, Dr Seligman, et je n'y ai jamais cru, parce que la fraction de seconde qui m'a été accordée a été trop brève pour faire de moi autre chose qu'un monstre, et au fil des années je me suis habituée à ne pas pouvoir distinguer mes propres mains, la nuit, au luxe de ne pas avoir à me préoccuper de l'entretien de mes jours. Je me demande s'il vous arrive de vous ennuyer ou de vous sentir seul au sommet de votre montagne, Dr Seligman. Si vous possédez une grotte secrète où cacher vos vices. Mais bon, en tant que Juif vous irez au paradis de toute façon, alors vous n'avez aucune inquiétude à avoir. Et quand vous m'observerez du haut de votre nuage duveteux, entouré de vos cadres, en train de trimballer Martin mon robot semi-automatique de chambre d'hôtel en chambre d'hôtel, faisant de cette merveilleuse bite que vous m'aurez donnée un usage que vous pourrez trouver malveillant, considérez-moi avec bienveillance. Une vraie bienveillance, pas le genre de bienveillance égocentrique au moyen de laquelle Jason a tenté de m'assassiner. Car lui non plus n'est pas apparu sur la cime d'une montagne, je suis sûre que c'est dans un égout qu'il a atterri et qu'il a passé la moitié de son existence à essayer de se décrasser à grands coups de langue, mais si vous regardez bien vous verrez toujours un peu de saleté briller sous la surface polie de ses cristaux. Quant à M. Shimada, je ne sais pas ; je ne l'ai jamais rencontré, et je ne sais pas à quoi ressemblent les flocons de neige au Japon – ils doivent être plus jolis, j'imagine, mais pour avoir une telle tournure d'esprit, il faut forcément que leur pointe ait été en contact à un moment ou un autre avec quelque chose qui n'était pas tout blanc. Exactement comme K ; quand je pense à lui aujourd'hui, je vois toutes les couleurs de l'arc-en-ciel miroiter en lui, brillant l'espace d'un court instant avant qu'il se noie de nouveau, petit diamant illuminant les ténèbres auxquelles il n'est jamais parvenu à échapper. Et alors j'éprouve du chagrin pour lui, parce que je sais qu'il n'a jamais saisi quel était son destin, qu'il a toujours cru que ses cristaux étaient destinés à ces régions supérieures, qu'ils avaient été touchés par la Reine des neiges et que quelque chose s'était détraqué au moment où il avait senti qu'il commençait à se dissoudre dans le flot indifférent des vagues. Que sa vie n'avait été qu'une immense erreur et que sa mort elle-même n'y aurait rien changé, qu'il était trop tard. Qu'il avait toujours été trop tard. Je crois que personne ne s'est jamais noyé aussi souvent que K, alors je ne me sens pas responsable pour cette dernière fois où il s'est noyé, dans l'air frais d'un matin d'hiver. Quand enfin il est revenu dans le jardin de ses parents et qu'il a avoué son amour pour cet arbre dont les branches étaient devenues, au fil des ans, suffisamment robustes pour supporter le poids de son corps inanimé dans la lumière déclinante d'un jour d'hiver. Je ne saurais en être tenue pour responsable, Dr Seligman ; nous ne sommes pas le destin des autres, et ce n'est pas moi qui ai planté cet arbre devant sa fenêtre et jeté cette ombre sur son enfance, ce n'est pas moi qui lui ai appris à avoir peur du noir. Mais c'est moi qui sens encore ses couleurs sur ma peau, Dr Seligman. Je sens encore la différence entre les diverses nuances de violet, et je regrette de ne pas avoir su à l'époque que les couleurs ont une histoire et que le violet est une couleur de deuil et de tristesse, que K m'enduisait de sa propre tristesse et qu'aujourd'hui je porte sa douleur en moi, parce que je ne crois pas qu'on puisse jamais s'en laver les mains, ou la peau. Quelque chose se sera infiltré dans votre organisme avant que vous ayez pu atteindre l'eau, et nos veines se remplissent lentement des histoires des autres, de leur crasse, de leurs couleurs et de leurs cris ; chacun d'entre nous porte sous sa peau le cœur brisé des autres, jusqu'au jour où celui-ci finit par tout bloquer, par empêcher notre propre sang de continuer à circuler, et alors tout explose dans un ultime moment de désespoir.

Nous sommes les péchés les uns des autres, Dr Seligman, et avant que vous enleviez vos gants et que je me redresse dans ce fauteuil, avant que je remette mon pantalon et que je puisse enfin regarder ce qu'il y a dans ces sept cadres, avant que vous puissiez voir mon visage de nouveau, je voudrais vous parler de mon arrière-grand-père, parce que je crois que vous devriez savoir d'où provient l'argent pour cette intervention. Ce n'était pas un célèbre nazi, pas l'un de vos sept petits chéris, ce qui aurait presque fait de nous des parents, liés par le sang et la perversion. Je ne suis même pas sûre que c'était un nazi à proprement parler ; nous ne nous sommes jamais rencontrés, et on ne peut jamais se fier aux histoires de famille. Tout ce que je sais, c'est qu'il était chef de gare et qu'il vivait avec sa femme et ses sept enfants au-dessus de la gare d'une petite ville de Silésie, et comme ils étaient assez prospères il avait acheté une parcelle de terrain pour chacun de ses sept enfants sur laquelle ils pourraient se construire une maison quand ils seraient grands, où ils vivraient heureux avec leur propre famille, entourés de plein d'enfants qui courraient partout et chiperaient des bouts de gâteau dans les placards de leurs nombreuses tantes. Mais rien n'a jamais été construit sur ces parcelles ; elles ont été délaissées à la fin de la guerre, et si vous alliez là-bas aujourd'hui vous trouveriez une petite forêt au beau milieu d'une petite ville polonaise, abritant Bambi et tous ses amis, un fragment de nature préservé de l'emprise maléfique de la civilisation. Avec des abeilles et des fleurs sauvages et des hiboux la nuit. Presque romantique, si vous voulez, et si l'envie vous prenait d'aller faire une jolie petite promenade, je ne sais pas exactement combien de temps il vous faudrait marcher mais avant le coucher du soleil vous atteindriez Auschwitz, ou ce qu'il en reste, le fondement de tout ce que nous sommes aujourd'hui. Mais mon arrière-grand-père ne travaillait pas à Auschwitz ; c'était un homme pieux, un catholique qui avait les armes en horreur et aurait refusé une telle charge. Il était simplement le chef de gare du dernier arrêt avant Auschwitz, où les trains faisaient souvent halte toute la nuit, où il s'assurait qu'il n'y ait pas d'embouteillages, que la circulation reste fluide et que les trains vides puissent repartir sans encombre. Il n'était animé d'aucune mauvaise intention, et quand je pense à lui, Dr Seligman, je vois un petit homme debout sur un quai, vêtu d'un uniforme archaïque et coiffé d'une casquette, presque touchant pour un observateur contemporain, qui regarde passer tous ces trains et toutes ces mains dépassant de ces inhumaines fenêtres en hauteur, et je vois de la neige, Dr Seligman, des flocons qui tombent sur leurs doigts, envoyés par la Reine des neiges, de frêles instants d'éternité qui tombent du ciel comme des anges amputés de leurs ailes, leur grâce s'évanouissant dès qu'ils touchent ces corps. Et je vois la neige atterrir sur la casquette de mon arrière-grand-père, sur ses épaules, et à ses pieds, et je sens que ses pieds ont hâte de rentrer à la maison, mais il y a encore trop d'heures à faire et la neige continue de tomber comme les flocons derrière votre fenêtre. De tomber sous les bruits des trains qui trépignent de se remettre en branle, jusqu'à ce que les mains s'éloignent lentement et deviennent bientôt invisibles à l'œil nu, que ses pieds aient tout oublié de la chaleur qu'ils avaient connue autrefois. Jusqu'à ce que les forêts finissent par engloutir tout ce qui est sacré, et que leurs branches rattrapent les anges avant qu'ils ne heurtent le sol. Jusqu'à ce que le soleil écarte les jambes en signe de soumission et que nous nous retrouvions sous l'empire d'une lune inanimée.

Et maintenant, transformons ce corps en autre chose.

Un moment de feu dans le ciel.

Quittons cet endroit, avant qu'il ne soit envahi par les clowns.

Soyons pareils à l'or, Dr Seligman.

Changeons de forme par-delà les siècles mais sans jamais disparaître.

Tenons-nous la main.

Soyons des guerriers.

Merci

à Joachim d'avoir fait de moi
un écrivain français.

à Jean et Olivier
d'avoir rendu tout cela possible.

à Heidi et Chris d'en avoir fait
une affaire internationale.

à Pierre d'avoir trouvé les mots justes.

à Tamara et Lauren de m'avoir
si chaleureusement accueillie.

à Jacques, Joely et Clare
des éditions Fitzcarraldo
d'avoir fait du bleu ma couleur préférée.

à Amy, Jordan, Morgan et toute l'équipe
des éditions Avid Reader Press
pour le rêve américain.

à Jane pour la journée à Brighton.

à Laurence de m'avoir offert
tout cet espace où m'épanouir.
(Et pour les vidéos de pandas.)

à T d'avoir acheté des fournitures de bureau
à motif licorne avec moi.

à Tash pour le piercing.

à Sam d'être la meilleure *glitter bitch* au monde.

à *Fair* Miriam pour tous les encouragements.

à Stephen d'être Stephen.

à Peter d'avoir prouvé que les Allemands
peuvent être marrants.

à Nick d'être notre Ours.

à Paul pour l'appartement à Berlin.

à Florian pour l'amitié.

à Derya pour les conversations.

à Marya de ne pas m'avoir expliqué les maths.

à Matthew pour plus d'une décennie de thé,
de gâteaux et de chagrins.

à Rémi pour la musique.

à Sergey pour la patience.

à Gatta et Myshkin de me rappeler
que la plupart des objets sont superflus.

à mes parents de m'avoir fait voir le jour.

à Maurizio pour tout.

Cet ouvrage a été achevé d'imprimer
par CPI Firmin-Didot au Mesnil-sur-l'Estrée
pour le compte des éditions Grasset
en juin 2021.

Mise en pages
PCA 44400 Rezé

PAPIER À BASE DE
FIBRES CERTIFIÉES

Grasset s'engage pour
l'environnement en réduisant
l'empreinte carbone de ses livres.
Celle de cet exemplaire est de :
550 g éq. CO_2
Rendez-vous sur
www.grasset-durable.fr

N° d'édition : 22074 – N° d'impression : 164605
Dépôt légal : août 2021
Imprimé en France